꿈과 열정이 있는 한 우린 영원한 스무살입니다

스무살 리턴즈

오애란, 나애정, 우희경

대|경|북|스

스무살 리턴즈

1판 1쇄 인쇄 2022년 2월 28일
1판 1쇄 발행 2022년 3월 3일

지은이 오애란, 나애정, 우희경

발행인 김영대
펴낸 곳 대경북스
등록번호 제 1-1003호
주소 서울시 강동구 천중로42길 45(길동 379-15) 2F
전화 (02)485-1988, 485-2586~87
팩스 (02)485-1488
홈페이지 http://www.dkbooks.co.kr
e-mail dkbooks@chol.com

ISBN 978-89-5676-888-5

들어가는 글

당신의 작은 꿈 하나가 별처럼 빛날 수 있기를…

"대충 살지, 뭐 그렇게 열심히 살아?"

"지금 나이가 몇 살인데, 꿈 타령이야?"

사람들이 내게 말했다. 사춘기 소녀도 아닌데 무슨 꿈이냐고. 스무살 애송이도 아닌 나이에 무모한 도전은 하지 말라고. 사람들의 훈수에 갈대처럼 흔들리던 나는 마흔이 가까운 나이가 되어서야 진정으로 하고 싶은 일을 찾아 긴 여행을 시작했다. 정확히 3년 후, 두 번째 스무살을 맞이하던 해. 글을 쓰고 강의를 하며 내가 좋아하는 일을 업(career)으로 삼을 수 있었다.

누군가가 보기엔 피곤한 인생일 수도 있다. 또 다른 이가 보기엔 1%의 가능성에 도전하는 지극히 낭만적인 사람으로 비치기도 했을 거라고 생각한다. 그들의 생각이야 어떻든 내게는 간절한 '꿈'이었고, 죽기 전에 한 번쯤 하고 싶은 일이었다. 책 한 권 내겠다는 나의 작은 '꿈'은 강연가라는 두 번째 꿈으로 진화하였다. 내 능력으로 단돈 20만 원이라도 벌고 싶다는 지극히 소박한 소망은 꾸준하게 수익을 내고 있는 3년차 1인 기업가로 성장하게 만들었다. 이렇게 삶의 변화는 아주 작은 '꿈'에서 시작했다.

준비 기간 3년, 나는 꿈을 현실로 맞바꾼 삶을 사는 3년차 드림 워커다. 그런 내가 독자 여러분에게 "나도 해냈으니 당신도 할 수 있어요."라고 툭하고 가볍게 말하고 싶지는 않다. 일상도 버거운 당신에게 "다 때려치우고 가슴 뛰는 삶을 사세요."라고 권유하려고 이 책을 쓴 것도 아니다. 현실이 주는 무게를 알만큼 아는 나이이기에, 스스로 꿈을 지켜내기 위해 감당해야 할 책임 또한 크다는 것도 충분히 알고 있기에.

문득 가슴 한 켠이 답답할 때가 있지 않은가? 내 가슴속에도 스무살에 다 태우지 못한 작은 열정의 불꽃이 살아 있을 수도 있지 않을까. 마흔 넘게 사회생활을 하며 쓴맛, 단맛, 매운맛까지 느껴봤다면 이제는 하고 싶은 일을 하며 살아도 되지 않을까. 화려한 옷으로 치장할 필요 없이 민낯 그대로의 '나'를 인정해 줄 때도 되지 않았나? 태어난 환경은 어쩔 수 없었지만, 지금이라도 내가 원하는 일을 하며 살아도 되잖아. 그런 마음이 들 때, 이 책으로 용기를 얻길 바란다. 먼저 꿈의 길에서 헤매기도 하고, 눈물도 흘려본 선배들이 해 주는 조언에 귀를 기울여 보기를 바란다.

인생 2막에 꾸는 꿈은 아주 대단한 것이 아니어도 괜찮다. 바닥부터 시작해서 여성 대통령이 된다거나, 스티븐 잡스 같은 인물이 될 수 있다는 미망에 빠지지는 않을 나이이니까. 단지 자신이 미루었던 꿈이 있다면 그것을 시작하는 것으로, 평생 후회할 일이 있을 것 같다면 한 번 해보는 것으로. 조금은 사소하게 시작해 보는 것은 어떨까?

요즘 나는 스무살 때 마음껏 못 즐겨본 미니스커트를 입고, 롱부츠 신기라는 소박한(?) 꿈이 생겼다. 나의 어릴 적 친구는 몇 년 전부터 초등학교 때 펼치지 못했던 그림을 배우기 시작했다. 지금은 아이들에게 미술을 가르치겠다며 미술 학원 하나를 오픈했다. 또 다른 나의 지인은 나이 오십에 진정으로 하고 싶은 일을 찾았다며 식물을 공부했다. 몇 개월 전부터 플로리스트가 되어 작은 꽃집을 차렸다. 이렇듯 '나만의 꿈'을 꾸는 것만으로도 우리는 충분히 빛나는 존재이니까.

나의 열정은 '열정 만수르'라고 불릴 만큼 자신 있었지만, 더 많은 이들의 '인생 지혜'를 듣고 싶었다. 고심 끝에 나보다 경험이 많은 선배들의 조언을 들어 보기로 했다. 그녀들과 여러 차례 수다를 떨며 우리가 하는 이야기를 책으로 엮어, 많은 분들에게 나누어 보자고 의견을 모았다. 나보다 13살이나 많은 선배들(이 책의 공동 저자 오애란, 나애정 작가)과 소통을 하면서 꿈을 꾸는 나이에는 한계가 없다는 것을 알았다. 자신이 하고 싶은 일이 있는 사람은 나이의 숫자와 관계없이 당당하게 자신의 삶을 살아갈 수 있음을 깨달았다.

이 책을 쓰며 최대한 거품을 제거하고, 있는 그대로 우리 각자의 모습을 보여주려고 했다. 화장기는 걷어내고, 딱딱한 정장도 벗어 던졌다(앞표지의 편안한 느낌이 잘 전달되었으면 한다). 단 가장 막내인 나는 언니들만큼 화장기를 걷어내기엔 내공이 부족하니 이해하시길…. 그러니 옆집 언니네 집에 커피 한 잔 마시러 가는 느낌으로 이 책을 찬찬히 읽어 봤으면 좋겠다. 그리고 우리들의 이야기에 위안받고 희망을 얻어 갔으면 한다.

인생의 두 번째 갈림길에서 선택한 '꿈의 길'이 고속도로를 거침없이 달리는 차처럼 쫙쫙 뻗어 나갔다고 말하기는 어렵다. 그러기엔 감당해야 될 고통의 무게도 철근처럼 무거웠다. 그럼에도 꿈을 꾸고 이루어가는 과정 자체가 삶의 큰 활력소였다. 진정 '살아 있음'을 느꼈다. 신기하게도 꿈 없이 사회에 순응하며 살던 때와, 꿈을 꾸기 시작하면서 변한 나의 삶을 볼 때 그 차이는 컸다. '오늘은 또 어떤 일을 해 볼까', '이걸 해냈으니, 다음에는 다른 것도 해 봐야지.' 매일 다른 꿈으로 확장되고 있다. 그러기에 마흔 이후 꿈을 꾼다는 것이 좋은 건, 단단한 일상을 살 수 있어서다. 나아가야 할 미래가 있어 행복하고, 하고 싶었던 일에 도전한다는 자체가 감사함으로 다가오기 때문이다.

'나도 한 번 뭐든 해 볼까?'라는 마음이 들 때, 이 책이 당신의 친한 벗이 될 수 있기를 바란다. 책의 마지막 장을 덮고 스무살 이후 꺼졌던 여러분의 설렘과 열정의 세포가 꿈틀거렸으면 좋겠다.

만약 그랬다면 이 책을 준비하며 느꼈던 노고가 눈처럼 사르륵 녹을 것 같다. 자, 그럼 지금부터 여러분의 인생 2막의 꿈을 위해 죽어 있던 심장을 다시 깨울 차례이다.

"Are you ready?"

.

.

.

"Let's go!!"

2022년 1월 8일

프롤로그 쓸 기회를 준

두 선배님들에게 감사하며

스무살 리턴즈 막내 우희경

차 례

/오애란/

네 꿈을 펼쳐라 14

너는 꿈이 뭐니? 15

귀차니즘에 빠진 현대인들 21

직업은 꿈이 아니라고요? 27

꿈보다 당장 시험공부가 더 중요해요 33

꿈을 찾는 방법 38

사소한 습관으로 만들어가는 꿈 44

네 꿈을 응원해 49

어디까지 책임져야 할까? 54

꿈으로 세상을 바꾼 사람들 59

꿈꾸는 삶, 행복의 지름길 65

상상이 현실을 창조한다

/나애정/

자신의 관념대로 행동하고 경험한다 73
원하는 것을 보다 명확하게 80
상상의 두 가지 테크닉 87
이성과 감각에 충실하면 꿈에 소홀해진다 92
소망을 항상 마음에 품어라 98
결과에 서서 시작하라 103
조급해 하지 말고 인내해라 109
노력에 반비례하는 결과도 있다 117
소망을 달성하면 어떤 일이 벌어질까 122
경로는 궁금해하지 마라 127
원하는 것과 하나된 것을 느껴라 133
요구만 하지 말고 달성되었다고 믿어라 138
상상하고 믿으면 부자도 될 수 있다 144
상상이 곧 현실, 나의 삶에 적용하라 151

 자기 자신을 믿어라

/우희경/

마음의 소리에 귀를 기울인다면 161
실패가 나를 단련시킨다 167
그 길이 맞다면 흔들려도 걸어가기를 173
사람마다 각자의 속도가 있다 179
타인과 다름을 인정하라 184
당신의 존재 그 자체가 귀하다 189
혼란 속에 답이 있다 195
무소의 뿔처럼 혼자서 가라 201
경쟁하지 말고 '린치핀'이 되어라 207
가슴 떨리는 일을 선택해라 213
당신 자신만은 끝까지 믿어라 219
당신의 꿈만 믿고 나아가라 226

네 꿈을 펼쳐라

오애란

네 꿈을 펼쳐라

가수 양희은이 1970년대 후반에 발표한 곡이다. 그동안 많은 가수들이 함께 부르기도 했고, 새롭게 리메이크해서 부르기도 한 국민 대표곡 중 하나다.

양희은은 노래 속에서 '네 꿈을 펼쳐라'라고 거듭거듭 소리친다. 꿈을 잊고 사는 현대인들에게 보내는 메시지다. 아이들뿐 아니라 어른들에게도 자신의 꿈이 무엇인지 생각해보고 그 꿈을 활짝 펼치라고 거듭 강조한다.

꿈이 없는 사람들이 넘쳐난다. 주어진 환경에 적응하며 하루하루 살아가는 게 최선인 사람들, 언제부터인가 꿈이라는 단어가 사치스러운 단어로 변한 세상이다. 그런 세상에서 살아가는 어른들을 보면서 자라는 아이들 역시 꿈을 꿀 수 없다. 꿈 꿀 수 없는 아이들에게서는 생명력을 발견하기는 힘들다. 아이들 특유의 밝고 환한 웃음을 찾기 힘들다. 이런 아이들을 그대로 두면 안 된다. 이제는 아이들이 꿈을 찾을 수 있도록, 그 꿈을 펼칠 수 있도록 어른들이, 내가 먼저 도와줘야 한다. 그렇게 하려면 내가 먼저 꿈을 찾아야 한다.

너는 꿈이 뭐니?

지금까지 살아오는 동안 나에게 "너는 꿈이 뭐니?"라고 물어 본 어른은 거의 없었다. 어릴 적에도 "네 꿈이 뭐니?"라고 물어 본 사람은 아무도 없었고, 나 스스로 꿈을 가져야 한다는 생각조차 하지 못했다. 나에게 '꿈'이라는 단어는 낯설고 나와는 거리가 먼 단어였다.

가난했고, 그래서 제대로 된 교육을 받지 못한 나의 부모님 역시 나에게 꿈이 무엇인지 물어본 적은 없었다. 내 부모님 역시 당신의 부모님으로부터 또는 어른들로부터 "너는 꿈이 뭐니?"라는 질문을 들어본 적이 없었을 것이다. 먹고 살기 힘든 때였기에 열심히, 성실하게, 닥치는 대로 일해서 당장 먹을거리를 마련하는 게 가장 중요했던 시절이었다.

내 부모님은 매일 새벽이면 시커먼 어둠 속으로 일을 하러 나가면서 하루를 시작하셨지만, 다섯 명이나 되는 아이들을 먹이고 입히기에는 손끝이 다 닳도록 일해도 부족하기만 했다. 그런 현실에서 자녀에게 “네 꿈이 뭐니?”라고 물어 볼 만큼 마음이 여유롭지 못했고, 부모님 스스로도 큰 비전을 가지고 있지 못했기에 우리집에서 꿈이라는 단어는 대화의 주제가 되지 못했다.

학창 시절, 학교에서도 아이들에게 “네 꿈을 펼쳐라!”라고 주문할 만큼 열린 교육을 시키지 못했다. 중요한 것은 성적일 뿐. 열심히 공부해서 좋은 대학에 가고, 그래서 대기업에 취직하면 그걸로 인생에 성공한 것으로 평가하는 그런 세대였다. 기계화된 교육을 통해 학생들 모두가 똑같은 미래를 상상할 뿐이었다. 간혹 넓은 세상을 볼 줄 아는 친구들이 있었지만, 그들은 우리집 형편과는 비교도 할 수 없는 부유한 집 아이들이었다. 그 아이들에 비하면 나는 꿈 같은 것은 꾸면 안 될 것만 같았다. 학교에서 선생님들이 말하는 대로 오로지 열심히 공부하여 좋은 대학, 좋은 직장에 취업하면 된다는 생각으로 지냈다. 하지만 내가 아무리 열심히 해도 내 인생은 마치 엉켜 있는 실타래처럼 잘 풀리지 않았다.

예기치 못한 사건과 사고로 점점 나빠지는 집안 형편 때문에 원하는 고등학교에 진학하지 못했고, 그 결과 나는 고등학교 3년 내내 우울하고, 비관적인 생각으로 지냈다. 한번 어긋나기 시작한 길은 시간이 흐를수록 점점 생각과는 다른 곳으로 이어졌고, 초등학교 선생님이 되고 싶다던 소박한 꿈조차도 잊고 살았다. 그 후로 아주 오랫동안 내가 진정으로 원하는 것이 무엇인지, 내가 하고 싶은 일이 무엇인지도 모른 채, 진학하고, 취업하고, 헤매다가 또다시 직장을 찾아야 하는, 나 스스로 이름 붙인 '직장 유목민'의 삶을 살았다.

제대로 된 안정적인 직장에 정착하지 못하는 나를 보고 어른들은 "너 앞으로 뭐 해서 먹고 살 거니?"라고 물었다. 그건 마치 너는 '인생 낙오자구나!'라는 소리로 들렸다. 이름 있고 안정적인 직장을 다니는 것이 아니라, 먹고 살기 위해 수시로 직장이 바뀌는 나를 보고 'B급 인생'이라고 손가락질하는 것만 같았다. '평생직장'이라는 말이 성공한 인생을 대표하는 단어로 굳건히 자리 잡고 있는 사회적 분위기에서 본다면 나는 말 그대로 실패한 인생이었다. 무엇보다 가장 속상한 건 다른 사람들의 시선보다 나 자신이 스스로 무엇을 해야 하는지, 진정 나는 어떤 것을 하고 싶은지를 모른 채 살고 있다는 것이었다.

'나는 어떻게 살아야 하지?'

질문은 꼬리에 꼬리를 물고 이어졌다. 계속되는 질문의 꼬리를 잡던 어느 날, 오랫동안 잊고 살았던 장래 희망에 대해 생각해봤다. 아이들을 좋아하고, 가르치는 것을 좋아하는 나는 어릴 때 초등학교 선생님이 되고 싶었다. 초등학교 3학년 때 담임 선생님은 나에게 무척

이나 친절하고 고마운 분이셨다. 그림 그리기보다 책 읽기를 좋아하는 나에게 책도 선물로 주시고, 미술 시간에 동화책을 펴 놓고 따라 그릴 그림을 찾는다며 책만 읽고 있어도 빙그레 웃으며 머리를 쓰다듬어 주셨다.

한 번은 그림 그리기 수업을 하러 반 학생들이 모두 학교 뒤편에 있는 산에 갔다. 유난히 미술 시간을 싫어하는 나는 열심히 그림 그리는 친구들과 조금 떨어진 자리에 앉아 흐르는 한강 물만 멍하니 바라보고 있었다. 아이들을 둘러보던 선생님은 나에게 다가오셔서 《이솝우화》라는 책을 주셨다. 나는 그 책을 읽으며 따라 그릴 그림을 찾으려고 했지만 어느새 이야기 속에 빠져버렸다. 갑자기 내가 바라보던 강물이 넓은 풀밭으로 변하고 거기에 수많은 양떼가 있는 장면이 떠오르면서 잠시 상상 속에 빠졌는데, 그때 느낀 행복감은 두고두고 생생하게 기억난다. 결국 그날 미술 수업은 그림 완성은커녕 손도 대지 못한 채 끝났지만….

학교 수업이 끝나고 집으로 돌아가지 않고 늦도록 운동장에서 놀기도 하고, 학교 담장 안쪽에 빙 둘러 심어진 나무 밑에 앉아 책 읽기도 하던 어느 여름 날, 퇴근하던 선생님은 나를 발견하고는 다가와 말씀하셨다.

"애란아, 너는 동화작가가 되면 좋겠다."

그때는 선생님의 그 말이 무슨 뜻인지도 몰랐다. 동화작가는 나 같은 사람은 할 수 없는 일이라고 고개를 절레절레 흔들었다. 선생님은 빙그레 웃으며 내 머리를 쓰다듬어 주시고는 퇴근하셨다. 그런 선생님과 함께하는 학교생활은 너무 신나고 좋았다. 수업이 끝난 후에도 오래도록 학교에 남아서 놀기도 하고, 선생님이 빌려주시는 책을 읽기도 했다. 선생님이 숙직 당번인 일요일은 학교에 가서 선생님과 함께 이야기할 수 있기에 기다려지는 날이었다. 그러면서 초등학교 선생님이 되고 싶다는 내 꿈은 조금씩 싹을 틔우기 시작했다. 하지만 그런 꿈을 중고등학교 시절에는 새까맣게 잊고 살았다.

우리는 꿈을 잊고 사는 자신에게 수시로 질문해야 한다. 꿈이 없다면 꿈을 가질 수 있도록 자극을 줘야 하고, 꿈에 대해 관심을 갖도록 나 자신에게 기회를 제공해야 한다. 꿈꾸지 않는 사람의 생명력이 어떤 상태인지 나는 경험으로 알고 있다.

무엇보다 꿈이 없는 사람은 삶이 재미없고 힘들다. 똑같은 상황에서도 꿈이 있는 사람과 없는 사람은 삶을 대하는 태도가 다르다. 지금 당장 확실하지 않아도, 실현 불가능한 꿈일지라도 꿈을 가져야 한다. 꿈 없이 산다는 건 마치 자기가 가야 할 곳이 어딘지도 모른 채 앞만 보고 달리는 자동차와 같다.

목적지도 없이 무턱대고 달리면 어떻게 될까? 자신이 가야 할 곳이 어디인지, 멈춰야 할 곳이 어디인지를 아는 그것이 바로 '꿈'이다. 어떤 꿈을 가지고 있느냐에 따라 달릴 수도 있고, 반대로 멈출 수도 있다. 지금 잠시 마음을 가라앉히고, 하던 일을 멈추고 자신에게 질문해 보자.

"너는 꿈이 뭐니?"

귀차니즘에 빠진 현대인들

학교 끝나면 책가방을 흙바닥에 던져 놓고, 삼삼오오 모여 있는 아이들에게 달려간다. 고무줄놀이를 하는 아이들, 운동장에 오징어 모양을 그려놓고 오징어놀이를 하는 아이들, 주머니 속에 불룩하게 들어있는 구슬을 꺼내 신중하게 상대방 구슬을 구멍에서 쳐내는 아이들, 배 위에 넓적한 돌을 올려놓고 비석치기를 하는 아이들…. 초등학교 시절 내가 하던 놀이들이다.

그 때는 할 수 있는 놀이가 무궁무진했다. 돌, 나무, 열매 등 손에 잡히면 그것이 곧 놀이의 재료가 되었고, 내가 있는 곳이 곧 놀이터였다. 그렇게 온 동네를 쏘다니며 놀았다. 골목골목을 휘젓고 다니고 동네 뒷산에도 자주 올랐다. 산에 오르는 길에 주운 도토리, 알밤은 간식거리가 되기도 했다.

꽃이 주렁주렁 달린 아카시아 줄기를 따서 꽃 속에 들어 있는 꿀을 빨아 먹고, 이파리를 두고 가위 바위 보로 누가 먼저 떼어내나 내기도 했다. 앙상해진 아카시아 줄기로 파마를 한다고 서로 머리카락을 돌돌 말기도 했다. 겨울이면 추수하고 쌓아놓은 짚가리 속에 들어가서 소꿉놀이도 하고, 고구마를 굽는다고 불을 지폈다가 혼이 나기도 했다. 남의 밭에서 몰래 무를 서리해서 먹기도 하고, 한강에 매어놓은 나룻배를 서로 밀어주며 뱃놀이(?)를 즐기기도 했다. 함께 놀 친구도 많았다. 대부분 학교 끝나면 갈 곳이라곤 집밖에 없었기 때문이다. 몇몇 아이들은 주산학원에 가거나 과외를 받기도 했지만, 대부분은 그저 밖에서 실컷 놀다가 집에 가서 숙제 조금 하는 게 전부였다. 날마다 우르르 몰려다니면서 오늘은 학교 운동장, 내일은 동네 공터, 모레는 집 근처 골목에서 노는 게 당연한 일과였다.

아이들은 언제 어디서나 모이면 와글와글 떠들었고, 까르르 웃음도 끊이지 않았고, 다투기도 자주 다퉜다. 대수롭지 않은 일로 편을 갈라 싸우고 금세 돌아서서 화해하고 다시 어울려 놀다보면 어느새 어둑어둑해진다. 동네 아이들이 모두 친형제, 친자매와도 같았다. 조금 더 친하고 덜 친한 정도의 차이는 있었지만, 친구네 집에 숟가락이 몇 개인지 알 정도로 다들 가깝게 지냈다.

함께 모여 여기저기서 신나게 놀다가 각자 던져 놓았던 가방을 챙겨 집으로 돌아가면서도 내일 뭐 하면서 놀 것인지 미리 계획을 세우면서 또 와글와글 했다. 나는 '검정고무신' 세대는 아니지만, 우리 동네는 서울에서도 변두리였고 주변에는 농사 짓는 사람이 많았다. 대부분 비슷비슷하게 가난하고, 비슷비슷하게 하루를 보내는 사람들이었다. 그렇기에 아이들끼리 어울려 노는 건 당연했고, 아이들이 노는 것에 특별히 간섭하는 어른도 없었다.

아이들의 특징이라고 할 수 있는 생동감, 생명력, 에너지가 마음껏 발산되던 시기다. 어쩜 그렇게 쉬지 않고 웃고, 떠들고, 움직일 수 있었는지 웬만한 운동선수도 당해내지 못할 체력이었다.

하지만 요즘 청소년들을 보면 좀비를 보는 것 같아 안타깝다. 학교 끝나면 대부분의 아이들은 제2의 학교라고 할 수 있는 학원에 가서 학교에서 보낸 만큼의 시간을 보낸다. 학교가 끝난 후 집에도 못 들린 아이들은 학원가에 있는 식당이나 편의점에서 저녁을 해결하기도 한다. 삼삼오오 모여 있는 아이들이 하는 이야기는 대부분 숙제나 학원 정보에 관한 이야기다. 무거운 가방만큼이나 아이들 어깨에 매달린 학습에 대한 무게감이 아이들을 옴짝달싹 못하게 한다. 축 쳐진 어깨와 터덜터덜 걷는 발걸음, 눈 밑까지 내려온 다크서클을 1년 내내 달고 다닌다.

주말이면 더 오랜 시간 학원에서 보내야 하는 아이들. 늘 건물 안에서만 생활하기에 햇볕을 쬘 시간이 없는 아이들은 햇빛으로부터 얻을 수 있는 비타민 D를 영양제로 사서 먹어야 한다.

우리집은 학원가에 위치해 있다. 밤 10시면 각종 학원 차와 학원 끝나고 나오는 아이들을 데리러 온 부모님 차가 도로에 100m 이상 늘어서 있다. 아이들을 태우려고 대기하고 있는 차 때문에 도로 한 차선은 통행이 불가능할 정도다. 그 시간에 학원에서 쏟아져 나오는 아이들을 보면 하나같이 지친 기색이다.

교복 입은 채로 무거운 가방을 메고 학원 차에 오르는 아이들…. 아이들은 회사 다니는 아빠보다 더 늦게 집에 돌아와 잔뜩 받아 온 숙제를 하기 위해 다시 책상에 앉는다. 성장호르몬이 활발하게 분비되는 밤 12시 이전에 잠자리에 들어야 한다는 말은 공허한 이상일 뿐이다. 아이들에게 취침시간을 물어보면 학원 일정이 끝난 후 숙제 하고 보통 새벽 1시 정도에 잠자리에 든다고 한다. 잠자리에 누워도 바로 잠들 수 없다. 활동 시간 내내 쌓인 스트레스를 풀기 위해 손에 핸드폰을 잡는다. 그 시간까지 잠들지 못한 친구들과 카톡 대화를 이어가고, 유뷰브 영상 몇 개를 보고 나면 1~2시간이 또 훌쩍 지나간다. 그러니 아이들은 만성 피로에 시달릴 수밖에 없다. 몸이 피곤하니 정신도 맑지 못하다. 알람과 꽉 짜여진 시간표대로 몸은 움직이지만 정신은 깨어나지 못한 상태다. 의지는 달나라로 여행 간 지 오래다.

'나뭇잎 굴러가는 것만 봐도 까르르 웃는다.'는 말은 이제 옛말이다. 요즘 아이들은 나뭇잎 굴러가는 것을 보고 웃지 않는다. 나뭇잎이 바람에 굴러가는 게 뭐가 우스운 일인가? 아니, 나뭇잎이 바람에 굴러가는지조차도 의식하지 못한다. 그런 일에는 관심도 없다. 세상이 어떻게 변하는지, 자연이 어떻게 변하는지 바라보고 느낄 여유가 없다. 하고 싶은 일도, 재미있는 일도, 호기심 생기는 경우도 거의 없다. 모두가 같은 말을 한다.

"아무것도 안 하고 쉬고 싶어요."

하고 싶은 게 없단다. 가고 싶은 곳도 없고, 보고 싶은 것도 없고, 여행을 가자고 해도 시큰둥하다. 움직이는 것 자체를 싫어한다. 그냥 집에 틀어박혀서 혼자 있고 싶단다. 스마트폰으로 게임이나 웹툰, 동영상 보면서 시간을 보내고 싶다고 한다. 친구들과 직접 만나서 함께 노는 것보다 랜선으로 만나는 게 더 편하고 좋다고 한다. 아무것도 하고 싶지 않다. 오직 스마트폰만 있으면 된다. 폰을 손에서 내려놓지 못한다.

이런 모습이 비단 아이들뿐일까? 어른들도 예외는 아니다. 대부분 회사 일에 매달려 산다. 습관적으로 아침에 일어나 출근하고, 회사에서 늦은 저녁까지 일하고 밤에 돌아와 가족들과 몇 마디 이야기도 나누지 못한 채 각자 방으로 들어가 손에 스마트폰을 들고 작은 화면을 들여다보다 잠이 든다. 주말에도 소파에서 하루 종일 뒹굴뒹굴…. 아이들 눈에 비친 아빠는 휴일에 온종일 잠만 자는 모습이 대부분이다. 엄마 모습도 별반 다르지 않다.

왜 이렇게 되었을까? 생명력이 넘치는 시기를 살아가는 우리 아이들이 모든 것이 귀찮고 의욕이 없는 상태가 되어 버린 이유는 무엇일까? 아이들뿐 아니라 어른도 아무것도 하고 싶지 않은데, 그들에게 '꿈'을 이야기하는 게 가당키나 할까.

오픈 사전에서 '귀차니즘'을 찾으면 '만사를 귀찮게 여기는 것이 습관화된 상태를 말한다'고 한다. '귀찮다'와 '-ism'이 합쳐진 말로 인터넷이 널리 보급되면서 생겨난 일종의 신조어라고 설명되어 있다. '귀차니즘증후군'이라는 병명이 있을 정도로 현대인들에게 만성적으로 나타나는 현상이 바로 귀차니즘이다. 이런 몹쓸 병에 걸린 사람들이 의외로 많다. 갈수록 점점 그 숫자가 늘어난다. 그 병에 빠져들면 헤어 나오기가 쉽지 않고, 웬만한 자극에는 끄떡도 하지 않는다. 스스로 움직이려는 의지가 없기에 점점 깊이 귀차니즘에 빠져 버린다.

가장 활발하게 움직이고 생명력이 넘치는 시기인 청소년기를 이런 우물 안 같이 어둡고 침침한 곳에서 보내야 한다는 게 안타깝다. '인생은 팔십부터'라고 하는 장수 시대에 청·장년이 모두 소파에 주저앉아 있는 현실이 안타깝다. 이런 귀차니즘에 빠져 있는 현대인들을 도대체 어찌 해야 하나? 방법을 모르겠다.

직업은 꿈이 아니라고요?

"네 꿈이 뭐니?"

"변호사 되는 거요."

"변호사? 왜?"

"그냥요, 엄마가 변호사 하면 좋대요."

"네가 하고 싶은 게 아니고 엄마가 시킨 거야?"

"저도 조금 하고 싶고…."

"그럼 어떤 변호사가 되고 싶은데?"

"……"

아이들에게 꿈을 물어보면 대부분 교사, 디자이너, 유튜버, 웹툰 작가, 연예인 등 직업을 이야기한다. 그 직업 또한 아이들이 하고 싶은 일이 아니고 부모님이 그런 직업을 가져야 한다며 끊임없이 세뇌한 경우가 많다. 그 직업이 구체적으로 어떤 일을 하는 것인지에 대해서도 생각해 보지 않고 그저 어른들이 제시하는 대로 자신의 꿈이라고 규정짓는 경우가 대부분이다.

초등학교에 다닐 때 내가 알고 있는 직업은 고작 10여 개 남짓이었다. 회사원, 은행원, 교사, 공무원, 간호사 등. 회사원만 해도 그 종류가 수만 가지나 된다는 사실도 모른 채 그저 남들이 말하는 깨끗하고 높은 빌딩에서 근무하는 것만 회사원이라고 생각할 정도로 어리석었다. 점점 성장하면서 세상에는 수많은 직업이 있고, 수많은 분야에서 일할 수 있다는 사실을 알고 깜짝 놀랐던 기억이 있다.

고등학교 시절 산에 갔다가 우연히 어떤 사람이 넓은 합판에 그림을 그려 우리나라 사찰을 무대 장치로 만드는 과정을 보았다. 그 모습이 너무 신기해서 그림 그리고 있는 분에게 이것저것 물었다. 그 사람은 자기 직업이 무대 설치를 하는 일이고 지금 무대로 쓸 그림을 그리는 것이라고 설명했다. '무대 설치 전문가', 그날 처음 들은 직업이었다. 그 경험을 통해 나는 더 넓은 세상을 알아보기 위한 공부를 해야겠다는 결심을 했다.

집에 돌아오는 길에 '직업'과 관련된 책을 찾으러 도서관에 갔다. 그곳에서 찾아낸 《일본의 직업》이라는 책에는 그동안 상상도 못했던 무수한 직업이 있었다. 눈앞이 확 트이는 느낌이었다. 이렇게 많은 직업이 있는데 고작 열 개 남짓한 직업만을 생각하면서 내 미래를 그 틀에 가두고 있었다는 사실이 너무 충격적이었다. 게다가 자신의 직업을 통해 꿈을 이뤘다는 대목을 읽을 때는 혼란스러웠다. 나는 그때까지도 직업과 꿈을 분리해서 생각해 본 적이 없었기 때문이다.

직업과 꿈은 어떻게 다른가? 흔히 꿈을 가지라고 하면 직업을 이야기한다. 나 역시 꿈과 직업의 차이에 대해 명확한 구분을 갖고 있지는 못하다. 직업을 통해 꿈을 이루는 경우도 많으니 꿈과 직업을 구분하는 것 자체가 의미 없는 일인지도 모르겠다. 그래도 꿈과 직업은 다르다.

'직업이란 생계를 유지하기 위하여 자신의 적성과 능력에 따라 일정한 기간 동안 계속하여 종사하는 일' (네이버 어학사전 인용)

워크넷 홈페이지에 게시되어 있는 《2020 한국 직업 사전》 내용을 인용하면 우리나라 최초로 직업사전이 발간된 1969년 직업명 수는 3,260개였고, 2003년에는 9,426여개, 2019년에는 16,891개의 직업명이 있다(직업명 수는 본 직업, 관련 직업, 유사 직업을 모두 합한 수치다).

이렇게 많은 직업이 있다니 놀라울 뿐이다. 지금도 내가 알고 있는 직업 개수는 고작 오십 가지 남짓하다. 발달된 정보통신 덕분에 알게 된 새로운 직업도 있고, 책을 읽으면서 알게 된 직업도 있다. 이렇게 수많은 직업이 있다는 사실도 모르고, 자신이 갖고 싶은 직업이 무엇인지 제대로 모르는데 꿈을 꿀 수 있을까? 직업이 있어야 꿈을 이룰 수 있는 것일까? 아니면 꿈이 있어야 직업을 가질 수 있는 것일까?

나는 꿈이 있어야 직업을 가질 수 있고, 직업을 가져야 꿈을 실현할 수 있다고 생각한다. 처음 사회란 곳에 내던져졌을 때, 내게는 일할 곳이 필요했다. 내가 하고 싶은 일이 무엇인지, 내 꿈을 이루기 위해 어떤 직업을 가져야 하는지 생각할 겨를이 없었다. 그저 생계를 유지하는 일이 급했기 때문에 나를 채용해주는 곳이 있다면 그 회사가 어떤 일을 하는 곳인지, 내가 무슨 일을 해야 하는지도 모른 채 선택했다. 그리고 한 달 동안 열심히 출근하면 월급 받는 것으로 기뻤다. 그 돈으로 내가 하고 싶은 것을 하기 위해 학원에 다녔다. 그렇게 하루하루 열심히는 살았지만 도무지 내 형편은 나아질 줄 몰랐고, 무엇보다 마음의 허전함을 채울 수 없었다.

어느 날인가 잠시 멈추고 내 꿈이 무엇인지에 대해 곰곰이 생각해 보았다. 가슴속 깊숙이 묻어 두었던 꿈을 꺼내 골똘히 생각했다. 실현 불가능해 보이는 현실에서 어떻게 내 꿈을 이룰 수 있을까 고민하고 또 고민했다. 그리고 결론을 내렸다. 직업보다 꿈이 먼저다. 꿈을 찾으면 직업도 찾을 수 있다.

어릴 적 내 꿈은 초등학교 교사였다. 초등학교 교사라는 직업으로

서가 아니라 아이들과 함께 있는 것이 즐겁고, 아이들에게 동기를 부여할 수 있는 교사가 되고 싶다는 꿈이 있었다. 이미 너무 많은 시간을 헛된 일에 써버린 탓에 초등학교 교사가 되기에는 넘어야 할 산이 너무 많았다. 대학도 다시 들어가야 하고, 등록금도 마련해야 하고, 나이도 이미 많이 먹었다. 임용고시에 합격한 후 초등학교 교사가 된다면 아마도 은퇴가 가까운 나이가 될 게 뻔했다. 그래서 초등학교 교사라는 직업은 포기하기로 했다. 대신 아이들과 함께 있을 수 있고, 아이들에게 동기 부여할 수 있는 꿈을 실현할 수 있는 직업을 찾기로 했다. 그래서 찾은 직업이 바로 지금까지 하고 있는 '독서지도사'다. 꿈을 찾았더니 직업까지 찾게 된 경우다.

나와는 반대로 직업을 통해 자신의 꿈을 이룰 수도 있다. 인권변호사로 잘 알려진 조영래 변호사는 직업을 통해 자신의 꿈을 이룬 사람이다. 조영래가 처음 변호사라는 직업을 선택할 때는 인권변호사가 되겠다는 마음으로 시작한 건 아니다. 하지만 가난한 사람들을 대변하는 변호사가 되겠다는 꿈을 갖게 되었고, 약자들을 위해 수많은 사건의 변호를 맡아 무료로 변호했다. 자신의 꿈을 위해 현실에서 가난한 이들을 위한 변호를 선택한 것이다. 또한 조영래 변호사는 《어느 청년노동자의 삶과 죽음》이란 제목으로 청년노동자 전태일의 평전을 출판했다. 이처럼 조영래 변호사는 이미 많은 사람들에게 또 다른 꿈을 꿀 수 있도록 선한 영향력을 발휘했다.

꿈과 직업을 명확하게 구분지을 수 없지만 꿈이 곧 직업이라는 생각에서 한 발자국 앞으로 나아갔으면 좋겠다. 직업을 통해 자신이 정말 이루고 싶은 것이 무엇인지, 자신의 꿈을 실현하기 위해 어떤 직업을 선택하면 좋은지 깊이 생각해보고 단순히 교사가 아닌, 단순히 변호사가 아닌 ○○○을 하는 교사, ○○○을 만드는 변호사가 되겠다는 꿈을 가지면 좋겠다.

꿈꾸는 사람이 넘치는 사회, 생각만 해도 가슴이 설렌다.

꿈보다 당장 시험공부가 더 중요해요

"쌤, 겨울방학 동안 중2 수학이랑 영어 미리 끝내야 하는데 공부하기가 싫어요."

"엥? 선행학습을 왜 1년씩이나 먼저 해야 하는데?"

"이미 중3 과정까지 끝낸 애들도 있어요."

"말도 안 돼! 1~2단원 정도 선행학습 하면 되는 거지, 그렇게 미리 공부해야 하니?"

"그래야지 시험 잘 본단 말이에요."

선영이(가명)는 현재 중1이다. 나와 일주일에 한 번씩 독서, 글쓰기 수업을 하는 학생이다. 선영이가 유치원에 다닐 때부터 가까이에서 지켜보았기에 어느새 아이들이 이렇게 컸나 싶어서 마냥 흐뭇하다.

이런 내 마음은 옆집 아줌마이기에 느끼는 감정이고, 선영이 부모님은 "건강하게만 자라다오."라고 할 수 없으니 나처럼 마냥 흐뭇하지만은 않겠지.

선영이가 어릴 때부터 말한 꿈은 여러 가지가 있다. 작곡가, 드러머, 작가, 기타리스트, 화가, 검도선수 등 다양한 분야를 넘나드는 꿈을 이야기했다. 어떤 때는 음악과 관련된 꿈 씨앗을 마음속에 품고 관련 분야에 대해 이것저것 질문하고, 어떤 때는 작가와 관련된 꿈 씨앗을 품고 이것저것 질문하는 등 선영이가 내뿜는 생동감이 나를 행복하게 했다. 그런데 초등학교 고학년이 되면서부터 아이가 달라졌다.

음악, 체육 관련 학원을 주로 다니던 아이는 슬그머니 영어, 수학 학원에서 보내는 시간이 점점 늘어났다. 자연스럽게 꿈도 바뀌었다. 이제는 대기업 취직, 공무원, 의사 등 경제적으로 안정적인 수입을 얻을 수 있는 직업을 갖는 것이 꿈이라고 말한다. 그래도 괜찮다. 이유야 어찌됐든 목적이 있으니까. 그 목적을 향해 가는 길에서 자신이 몰랐던 적성을 발견할 수도 있고, 그 과정에서 행복을 느낄 수도 있으니까. 그런데 선영이는 지금 그런 꿈마저 꾸지 않는다. 꿈을 꾸는 것보다 더 중요하고 시급한 건 시험성적이라고 굳게 믿고 있다. 스스로 그렇게 생각하는 것인지, 주변 분위기에 자신을 맞추며 합리화시키고 있는지는 잘 모르겠지만….

내가 어릴 적에는 학교에서 시험을 치르고 나면 성적을 수, 우, 미, 양, 가로 표시했다. 공부에 관심도 없고 밖에서 놀기 좋아하는 친구들의 성적표에는 양, 가가 많아서 우리는 서로 '양가집 규수'라면서 웃었고, 성적에 대한 것은 그날 이후 더 이상 머릿속에 남아 있지 않았다. 시험을 자주 치지도 않았고, 일 년에 두 번, 방학식 때 받는 성적표가 다였다. 즐거운 방학식 날, 별로 중요하지도 않은 성적표 때문에 우울할 사이도 없이 친구들과 노는 게 더 중요했다. 물론 실컷 놀다가 늦게 집에 돌아가면 곳곳에서 엄마들의 큰 소리가 들려왔지만, 눈물 한 방울 찔끔 흘리고 저녁 먹은 후 잠들면 그걸로 끝이었다.

시험을 자주 보지도 않았고, 숫자로 내 수준이 규정되지도 않았기에 자신이 제법 근사한 사람이라는 착각도 자유였다. 비록 지금은 성적표에 양, 가가 가득하지만 그건 내가 열심히 공부하지 않았기에, 또는 내가 좋아하는 분야가 아니기에 그런 것일 뿐, 악기 연주, 건축, 배우처럼 학교에서 배우지 않은 분야에 소질이 있어서 나는 훌륭한 건축가도 될 수 있고, 유명한 첼리스트도 될 수 있고, 멋진 배우도 될 수 있다는 꿈을 꿀 수 있었다. 친구들과 책 속에서 만난, 텔레비전에서 본 멋진 모습에 대해 이야기하며 서로 역할을 정해 소꿉놀이를 하면서 상상의 나래를 펼쳤다. 생각에 여백이 가득했기에 가능했던 꿈, 시간에 여백이 가득했기에 가능했던 꿈이었다.

그런데 요즘 아이들은 사뭇 다르다. 학교에서보다 학원에서 훨씬 더 자주, 많은 시험을 본다. 시험 결과에 따라 '레벨'이라는 이름으로 나눠진 교실로 이동해 곧바로 다음 시험을 위한 준비에 들어간다. 항상 시험점수로 평가받고, 시험점수로 모든 것이 달라진다. 수치로 명확하게 규정된 현실에 아이들은 숨이 막힌다. 아무리 숫자로부터 벗어나려고 해도 그럴 수 없다. 너무도 확실한 숫자가 아이들 생각 범위를 한정한다. 그 숫자에 따라 아이들의 생활 패턴도, 움직이는 반경도 정해진다. 정해진 범위 안에서 생활하다 보니 생각도 그 범위를 벗어나기 힘들다. 생각에 여백이 없어졌다. 지금 받은 점수가 곧 내 현실이고, 그 현실을 개선시킬 수 있는 방법 역시 숫자를 높이는 길뿐이다. 숫자와 기나긴 싸움을 계속한다. 그 숫자는 나에게 조금의 여유도, 여백도 허용하지 않는다. 자꾸만 다그치고, 빨리 앞으로 나가야 한다고 재촉한다. 이것이 네 현실이라고, 정신 차리라고 윽박지른다.

"선영아, 그렇게 스트레스 많이 받으면서 왜 공부해야 한다고 스스로를 압박하니?"

"시험 잘 봐야 해서요."

"왜 시험 성적이 중요한데?"

"아, 몰라요. 일단 시험 잘 봐야 좋은 대학 갈 수 있고, 좋은 대학 가야 대기업에 취직할 수 있고, 그래야 돈 많이 벌 수 있고, 그래야 하고 싶은 거 할 수 있으니까요."

"아니, 반대로 생각해 봐. 먼저 네가 하고 싶은 거 하면 즐겁고, 즐겁게 하면 좋은 성과가 나니까 관련 대학에 갈 수 있고, 그러면 돈도 많이 벌 수 있다고 생각하면 안 돼?"

"몰라요, 몰라요. 일단은 시험 성적이 먼저에요."

오늘도 나는 수업 시작 전에 선영이와 다람쥐 쳇바퀴 돌 듯 똑같은 질문과 대답으로 말다툼 한다. 선영이는 그런 말다툼이 자기에게 보여주는 나의 관심과 사랑이라는 것을 알기에 짜증난 듯 대답하지만 나는 선영이가 깊숙이 감추고 있는 미소를 발견한다. 그 미소 속에도 숫자들이 떠다니고 있는 것 같은 환상이 보이는 건 내 시력이 이상해진 탓이겠지?

선영이와 이런 이야기를 나누면서도 또 다른 숫자에 갇혀 있는 주변 사람들이 보이는 것은 지나친 오지랖일까.

꿈을 찾는 방법

"최근에 내가 가장 자주 만난 사람 5명은 누구인가?
그들의 특징을 잘 생각해 보라.
그들의 평균이 바로 '너'다."

나 자신이 누구인지, 나는 무엇을 잘 할 수 있는지, 내가 정말 하고 싶은 일이 무엇인지 몰라서 찾아 헤매던 때, 제목은 기억나지 않지만 어떤 책에서 읽은 대목이다. 내가 누구를 만났는지 곰곰이 생각해봤다. 어머나…. 내가 만난 사람들은 나처럼 자기 인생에 대해 푸념하고, 실망하고, 미래를 암울하게 보는 부정적인 시각을 갖고 있는 사람들이 대부분이었다.

서로 신세한탄하면서 우울한 이야기를 주고받고, 우울한 기분을 떨치기 위해 음식을 배가 터지도록 먹고, 다른 이들의 약점을 끌어다 비웃으며 시간을 보내고 있었다. 자신이 어떤 삶을 살고 있는지 의식하지도 못한 채 하루하루를 소비하고 있었다. 그러면서 나만 인생이 안 풀린다고, 나는 왜 이렇게 하는 일마다 안 되냐고 하늘을 향해 주먹을 날렸다. 우리 속담에 '잘못되면 조상 탓, 잘되면 내 탓'이라는 말이 있다. 안 풀리는 내 인생은 무능력한 부모를 둔 탓이라며 성실하게 살고 있는 부모님까지 끌어다 대며 자기 자신을 변호하기 바빴다.

나름대로 열심히 살고 있다고, 나 자신을 찾기 위해 성실하고 건전하게 노력하고 있다고 생각했는데, 냉정하게 나 자신을 바라보니 비슷비슷한 사람들끼리 모여서 비슷비슷한 이야기를 나누고 있었던 것이다(물론 그들이 나쁘다는 뜻은 아니다). 그러면서도 자신이 지금 어떻게 살고 있는지 의식하지 못했다는 사실이 나 스스로 부끄럽고 충격적이었다. 그래서 내 삶의 태도를 바꾸기로 했다.

"어제와 똑같이 살면서 다른 미래를 기대하는 건 정신병 초기 증세다."
(알베르트 아인슈타인)

똑같은 일상을 계속하는 동안 새로운 삶을 살 가능성은 제로였다. 의식하지 못할 정도로 뿌리 깊이 박혀 있는 삶의 태도를 바꾼다는 건 쉽지 않았다. 좋지 못한 패턴이라는 것을 알지만 이미 익숙하기에 나름대로 편안함도 느끼는 모순된 상태였다. 이제는 그 불편한 편안함에서 벗어나야 했다. 끝없이 불평불만만 늘어놓는 삶을 더 이상 지속할 필요가 있을까. 무엇보다 새로운 삶을 살고 싶다는 열망이 강했다.

변화의 시작은 만나는 사람의 변화였다. 그동안 자주 만났던 비관적인 사람들과는 되도록 거리를 두기로 했다. 그들과 함께 있으면서 대화의 분위기를 바꿀 용기가 없었기에 아예 만남을 차단할 필요가 있었다.

그들에게 내 결심을 말하자 그들은 불쾌한 감정을 드러냈다. 그때는 내 마음을 표현하는 방법도 지금보다 훨씬 더 미숙했으니 그 사람들에게는 자기들을 탓하는 말로 들렸을 게다. 나 스스로도 자신의 이런 모습을 있는 그대로 인정하고 받아들이기 힘들었기에 절반쯤은 분위기 탓을 하며 거리를 두자고 했다. 마음이 불편하고 힘들었다. 하지만 어쩔 수 없었다. 내가 그들을 설득해 함께 꿈을 찾자고 말할 정도로 나 스스로 단단하지도 않았고, 아직 내 꿈이 무엇인지조차 모르고 있는 상태였기에….

위로 받고 싶고, 이해 받고 싶어서 사람들을 찾아다니는 대신 도서관으로 발걸음을 돌렸다. 책을 읽고, 읽고, 또 읽으며 '나'는 누구인가에 대해 생각하고, 정의하고, 또 생각하고, 정의하는 일을 반복했다. 책을 읽을 때마다 스스로 정의하는 '내 모습'이 다르기는 했지만 조금씩 내 마음속 깊이 숨어 있는 의도를 인정하기 시작했다. 그러자 진정한 내 모습이 나타나기 시작했고, 그럼으로써 내가 진정으로 좋아하는 것을 찾게 되었고, 좋아하는 일을 하겠다는 꿈이 생겨났다. 내가 어떤 사람인지 이해하고 받아들이니 내가 하고 싶었던 일이 무엇이었는지도 알게 되었고, 앞으로 어떤 모습으로 살고 싶은지 알게 되었다. 그렇게 꿈을 찾으니 가야 할 길이 눈에 보였다.

이제는 그 꿈을 실현하는 방법대로 살면 된다. 꿈을 찾았더니 삶이 즐거워졌다. 이제는 하루하루가 즐겁고 설렌다. 하고 싶은 일을 하면서 자신의 꿈을 실현할 수 있다는 것이 이렇게 살맛나게 하는 일이라는 것을 예전에는 미처 몰랐다. 살아가면서 조금씩 모습을 바꾸기는 했지만 '책 읽는 사람으로 선한 영향력을 끼치겠다.'는 근본적인 목적은 지금까지 잘 유지하고 있다.

나는 평소에 꿈을 중요하게 생각한다. 꿈이 없는 사람은 목적지가 어디인지도 모른 채 달리는 자동차와 같다. 물론 목적지 없이 그냥 기분 전환으로 멋진 경치가 펼쳐지는 길을 드라이브하는 것도 가끔은 괜찮다. 가는 동안 자연의 아름다움을 보며 감탄하고, 맛있는 음식도 먹고, 느긋한 마음으로 편안함을 만끽하는 것도 좋다.

하지만 목적지 없이 드라이브하는 동안 멋진 풍경만 펼쳐지는 것도 아니고, '맛집'이라고 해서 들어간 음식점은 불친절하고, 자동차 기름은 떨어져 가는데 주변에 주유소가 없어서 난감하고, 꽉 막힌 도로 사정 때문에 짜증이 나는 경우도 있다. 목적지가 없으니 이리저리 헤매다 다시 제자리로 돌아오는 길이 마냥 즐겁지 않을 확률이 더 높다.

하지만 꿈이 있는 사람은 확실한 목적지를 알고 출발하는 사람이다. 목적지까지 가기 위해 어떤 경로를 선택할 것인지, 주유는 어느 정도 해야 하는지, 예상 시간은 어느 정도인지 등 계획을 세운다. 물론 계획대로 일이 진행되지 않을 때도 있지만 계획이 없는 상태에서 부딪치는 돌발 상황과 계획을 세운 상태에서 부딪치는 돌발 상황에 대처하는 마음 자세가 다를 것임은 누가 보아도 명백하다.

확실한 목적지는 바로 '꿈'이다 자신의 꿈이 무엇인지 아는 사람은 그 꿈을 실현하기 위해 어떤 일을 선택해야 하는지, 어떤 준비를 해야 하는지, 어디를 가야 하는지 등을 계획하고 하나씩 실천해 나간다. 그러다가 하나씩 꿈이 달성될 때면 얼마나 기쁠까?

그러면 꿈을 찾으려면 어떻게 해야 할까? 꿈을 찾기 위해서는 가장 먼저 자신이 누구인지 알아야 한다. 내가 어떤 사람인지도 모르면서 꿈을 찾는 것은 '우물에서 숭늉 찾는 사람'과 마찬가지다.

자신을 찾는 방법은 여러 가지가 있다. 심리 검사를 통해 자신의 타고난 성향과 재능을 알아볼 수도 있고, 자신의 장점을 찾는 도구를 활용해 알아 볼 수도 있다. 또는 전문가 상담이나 진료를 통해 자신을 억압하고 있는 껍질 속에 숨어 있는 자신의 본모습을 발견할 수도 있고, 부모님이나 가까운 이들의 조언을 통해 자신을 성찰하면서 발견할 수도 있다.

이렇게 자신의 모습을 발견했다면 이제는 발견한 자신의 모습을 인정하고 받아들이는 연습을 통해 자유를 찾아야 한다. 타인의 시선에서 자유로워지고, 타인의 평가에서 자유로워져야 한다. 자존감을 되찾아 남들이 제시하는 길이 아닌 자신이 원하는 길을 편안한 마음으로 선택할 수 있어야 한다. 그런 선택과 발견을 반복하면서 진정으로 자신이 하고 싶은 일, 자신의 꿈이 무엇인지 찾을 수 있다. 꿈을 발견했다면 이제는 자연스럽게 그 꿈을 향해 걸어가 보자. 그 발걸음은 깃털처럼 가볍고 마음은 기쁨으로 충만할 것이다.

나를 찾기 위해, 내 꿈을 찾기 위해 어떤 방법이 나에게 가장 적합한지 곰곰이 생각해 보고 지금 당장 시작하자.

사소한 습관으로 만들어가는 꿈

나는 꿈이 참 많은 사람이다. 꿈이 없는 사람들에게 꿈 찾아주기, 자신의 참 모습을 발견하도록 도와주기, 자연 속에서 편안하게 쉬면서 글 쓸 수 있는 작업실 갖기, 돈 10억을 종잣돈으로 대학생들을 위한 비례 상환 장학제도 운영하기, 미혼모와 아기가 자립할 수 있을 때까지 후원하기 등 착한 일을 하고 싶은 꿈도 있지만 날씬한 몸 만들어 유지하기 같은 지극히 현실적인 꿈도 있다.

우리 아빠는 현재 81세의 할아버지지만 몸무게 100kg이 넘는 '거구'다. 엄마 역시 일반 기성복 매장에서는 옷을 쉽게 살 수 없을 정도로 몸집이 큰 편이다. 그런 엄마와 아빠 사이에서 태어난 나 역시 기골이 장대해서 어릴 때부터 씨름선수하면 잘할 것 같다는 이야기를 자주 들었고, 둥글둥글한 얼굴과 몸매 덕분에(?) 부잣집 맏며느리감이라는 말도 자주 들었다. 특히 하체가 튼튼한 나는 코끼리 다리, 하마 다리 같은 별명도 있다. 그런 말이 여학생에게는 얼마나 상처가 되는 말인지 아마도 나와 같은 처지에 있지 않은 사람은 잘 모를 것이다.

타고난 신체적 조건이 마음에 들지 않은 나는 평생 날씬한 사람을 동경했다. 지금까지 살면서 못해본 것 두 가지는 미니스커트 입기와 롱부츠 신기다. 얼마 전에는 롱부츠를 못 신어 본 나를 위해 구두 디자이너인 지인이 맞춤 롱부츠를 디자인해서 제작해주기도 했다.

날씬한 사람들을 부러워하는 나는 막연하게 '날씬한 몸 만들어 유지하기'라는 꿈을 가지고 있었는데, 7년 전부터 그 꿈을 구체적으로 정했다. '몸무게 ○○kg으로 만들어 유지하기.' 단순히 몸무게를 줄이는 것을 목표로 한 것이 아니라 건강하고 탄탄한 몸을 만들고 체중도 늘어나지 않도록 관리하자는 취지였다. 그렇게 건강관리를 함으로써 다른 사람들에게 좋은 영향력을 주고 싶다는 꿈 역시 실현할 수 있다고 생각했다. 그 목표를 위해 내가 해야 할 일이 무엇인지 구체적으로 생각하고 목록을 만들었다. 그중 첫 번째가 바로 '걷기'다.

평소 차를 이용해 움직이는 편이다. 드라이브하는 것을 좋아해 여기저기 많이 다니지만 두 발로 걷기보다는 편안한 방법을 선호한다. 나는 힘들게 산에 올라갔다가 다시 내려와야 하는 등산을 취미로 하는 사람들을 이해할 수 없다. 차라리 넓은 바닷가 앞 주차장에 차를 세워놓은 후 모래에 앉아 하염없이 바다를 바라보는 것을 좋아한다. 발이 푹푹 빠지는 모래사장을 걸으면서 깔깔 웃는 사람들을 보면 '모래 위를 걷는 게 얼마나 힘든데 저럴까…. '라는 생각이 든다. 둘레길 걷기가 한창 유행하던 시절, 걷기 모임에 한번 참가했다가 다시는 이런 일을 하지 않으리라 다짐했었다.

하지만 이제 그렇게 싫어하는 걷기를 해야겠다는 생각이 든다. 그러면서 '너무 많이 걸어서 다리에 근육이 생기면 내 다리는 더 굵어질텐데 어쩌지?'라는 쓸데 없는 핑계거리로 고민하며 하루하루 실천을 미루고 있었다.

생각만으로는 아무것도 이루어지지 않는다. 일단 집 밖으로 나가는 것이 첫 번째 관문이다. 혼자서는 의지가 약해 쉽게 포기할 것 같아 동네 친구에게 도움을 요청했다. 다행히 친구는 선뜻 함께 걷자고 했고, 그날부터 날마다 낮은 동네 뒷산을 목표로 걷기 시작했다. 한 시간 정도 걷고 나면 살짝 다리가 아프지만 기분 좋은 피로감을 맛볼 수 있었다.

비 오는 날, 눈 오는 날, 바람이 심하게 부는 날, 너무 뜨거운 날, 얼굴이 새파래질 정도로 추운 날도 빠지지 않고 계속 걸었다. 날마다 1시간 30분 정도를 걷다 보니 어느새 나는 건강하고 날씬한 사람이 되어 있었다. 하루 한 시간 걷기 습관으로 내 꿈 중 한 가지가 이루어졌고, 지금도 걷기는 계속되고 있다. 걷기로 더욱 탄탄해진 종아리와 허

벅지 덕분에 롱부츠는 아직도 신을 수 없지만….

꿈이란 지금 여기서 더 행복해지기 위해 꾸는 것이다. 현실을 떠난 꿈은 환상이고 현실 도피일 뿐이다. 꿈이 있는 사람은 현재를 더 충실하게 살기 위해 노력한다. 그런 노력이 하나씩 결실을 맺을 때 느끼는 보람과 행복감으로 또 다른 꿈을 꾸게 하는 선순환이 이루어진다. 꿈을 이루는 방법은 여러 가지다. 짧은 시간에 열심히 해서 이룰 수 있는 것도 있고, 오랜 시간 꾸준히 쌓아가야 하는 것도 있다. 어렵고 많은 노력을 기울여야만 하는 것도 있고, 사소한 습관 하나 바꾸는 것으로 이루어지는 것도 있다.

내가 갖고 있는 습관을 잘 살펴보자. 그 습관을 통해 이룰 수 있는 꿈이 무엇일까 생각해 보자. 자신의 습관 목록을 만들어 보고, 자신의 꿈 목록도 만들어 두 가지를 어떻게 연결시킬까 생각해 보자. 때로는 전혀 엉뚱한 두 가지를 연결했을 때 새로운 아이디어가 생기기도 한다. '나는 별로 좋은 습관이 없어.'라고 생각된다면 지금부터 좋은 습관을 하나씩 만들어 보자.

나처럼 날마다 한 시간 걷기도 좋고, 매일 책 10페이지 읽기, 거울 보고 하루에 세 번 큰 소리로 웃기, 가족들에게 칭찬하는 말 하루 한 번 하기 등 사소하게 생각되는 것이라도 일단 도전해 보자. 습관으로 만들어진 행동이나 생각이 내 삶을 변화시키는 큰 힘이 됨을 알게 될 것이다.

'티끌 모아 태산'이라고 한다. 먼지나 모래 같은 부스러기가 쌓여 어느 세월에 높고 큰 산이 될까 싶지만, 어느 순간 태산이 되는 경우를 살면서 종종 본다. 작다고, 사소하다고 우습게 생각하지 말고 일단 시작하자. 크기가 중요한 게 아니고 끈기가 중요하다. 처음부터 높고 큰 산을 쳐다 보면 올라갈 엄두가 나지 않지만, 규칙적으로 발걸음을 옮기다 보면 나도 모르는 새 정상에 도착할 것이다.

"주차장에서 기다리고 있을 테니까 너희들끼리 올라갔다 와."라고 이야기하는 나를 억지로 끌고 간 친구들의 성화에 못이겨 겨우겨우 올랐던 지리산 천왕봉. 그곳에서 만났던 구름 위 풍경은 너무 웅장하고 아름다워 두고두고 잊지 못한다.

우리 정상에서 만나자!

네 꿈을 응원해

"넌 꿈이 뭐야?"

"저는요, 유명한 아이돌 가수가 돼서~"

"야, 야, 야, 말도 안 돼. 네가 무슨 아이돌을 하냐?"

"왜? 나는 아이돌 하면 안 되냐?"

아이들끼리 토닥거리며 말이 되네, 안 되네 하면서 다툰다. 정민이(가명)는 성격이 활달하고 끼가 많아서 친구들 앞에서나 어른들 앞에서도 쭈뼛대지 않고 노래하거나 춤추기를 좋아한다. 항상 흥얼흥얼 노래 부르며 몸을 들썩인다. 날마다 아이돌 동영상을 보며 길을 가면서도, 수업하러 우리집에 와서 잠시 기다리는 중에도 춤 연습을 하는 아이다. 그런 정민이가 자기 꿈이 아이돌 가수 되는 것이라고 말했다가 함께 수업하는 개구쟁이에게 핀잔을 당한 것이다. 아이들은 그 말을 시작으로 서로 정민이가 아이돌이 될 수 없는 이유를 늘어놓기 시작한다.

"아이돌은 노래만 잘해서 되는 거 아니거든~"

"아이돌 되려면 어릴 때부터 인성이 좋아야 하는데, 너 며칠 전에 강훈이 놀렸잖아. 나중에 그거 다 밝혀진다."

"아이돌은 영어로 인터뷰도 하고 노래도 해야 하는데, 너 영어 못 하잖아!"

아이들의 말에 항변하던 정민이는 점점 풀이 죽었다. 결국 친구들에게 화를 내며 아이돌 가수 안 하면 될 거 아니냐고 소리쳤다. 금세 분위기가 확 가라앉았다. 내가 네 꿈이 뭐냐고 한 질문 때문에 서로 어색한 상황이 만들어졌다. 에고고….

아이들을 더 잘 이해하고 응원해주기 위해서 꿈이 뭐냐는 질문을 자주 한다. 나이가 어릴수록 당당하게 대답하는 아이가 많다. 대답하면서 마치 그 꿈을 이미 이룬 듯 행복한 표정을 짓는다. 비록 그 내용이 황당하고 예상을 뒤엎는 대답일 때도 많지만, 그래도 그런 대답을 들으면 나도 신나고 말하는 아이도 생기가 넘친다. 하지만 학년이 올라갈수록 '꿈이 뭐냐?'는 내 질문에 대답하는 아이들의 숫자는 점점 줄어든다. 꿈이 없다고 말하는 아이들이 대부분이고, 간혹 자신의 꿈을 말하는 아이들 중에는 자신의 꿈이 아닌 부모님의 소망을 그대로 이야기하는 경우도 많다. 자신의 꿈이든 부모님의 꿈이든 꿈을 가지고 있는 아이들은 기특하고 예쁘다. 아이들 이야기를 듣고 나면 아이의 다른 면이 보이고, 그동안 눈여겨 보지 않았던 점들이 눈에 들어오기 시작한다.

그런데 친구가 자신의 꿈을 이야기할 때 응원해주기보다는 그 꿈을 꺾는 말을 하는 것을 흔히 볼 수 있다. 지금 당장 눈앞에 보이는 이런저런 이유를 대며 친구의 꿈에 대해 부정적으로 말하고, 심지어는 그런 꿈을 꾸는 것 자체가 잘못된 것이라고 표현한다. 꿈을 이야기하는 친구뿐 아니라 자기 자신도 꿈을 꾸는 건 다 헛된 일이라 생각하는 것만 같다. 그럴 때면 마음이 아프다. 아이들이야말로 마음껏 꿈꿀 수 있어야 하는데, 함께 꿈꿔야 할 친구들이 오히려 친구의 꿈을 아무렇지도 않게 무시하고 짓밟아서야…. 아니면 현실 감각이 뛰어난 아이들이라고 칭찬해야 하는 건가.

도대체 아이들은 왜 그렇게 행동하는 걸까?

나는 꿈꾸는 사람을 응원한다. 특히 아이들의 꿈을 응원한다. 그 꿈이 현실성이 없고, 여러 가지 조건에 맞지 않는 허무맹랑한 것일지라도 꿈을 꾸고 꿈을 이야기하는 그순간 아이들의 눈빛은 빛나고 목소리에는 힘이 넘친다. 그런 기세라면 그 어떤 어려움도 이겨낼 수 있을 것 같다. 반짝반짝 빛나는 눈과 꽉 쥔 두 주먹으로 반드시 그 꿈을 이루어낼 것 같은 분위기다. 누군가 억지로 시켜서 하는 것이 아니라 스스로 선택한 것이기에 꿈을 이야기할 때 그 열정을 고스란히 느낄 수 있는 것이다.

꿈이란 반드시 한 가지일 필요도 없고, 현재 내 상황에서 실현 가능해야 하는 것도 아니다. 마음껏 꿈꾸고 자신의 꿈을 마음껏 즐길 수 있어야 한다. 꿈은 내가 꾸고 있는 동안에는 온전히 자신만의 것이기에 그 누구로부터도 간섭을 받거나 제재당할 이유가 없다. '착각은 북한에서도 자유다'라는데, 자유민주주의 대한민국에서 내 맘대로 꿈을 꾸는 것에 제약이 있으면 당연히 안 되는 게 아닐까?

꿈을 응원한다는 것은 무조건적인 신뢰로 상대방을 인정해주는 것이다. 분석하고 판단하는 것은 꿈을 응원하는 사람의 몫이 아니다. 꿈을 갖고 있는 이가 자신의 꿈을 거리낌없이 이야기할 수 있도록 격려해주고, 고개를 끄덕여주어야 한다. 말로, 표정으로, 행동으로 응원해주어야 한다. 꿈을 가지고 있다는 것 자체만으로도 대단하다고 분명하게 이야기해 주어야 한다. 아이는 누군가 자신을 믿어주고 자신이 인정받고 있다고 느낄 때 무한한 능력을 발휘하게 된다.

청소년들의 아버지로 불리는 이탈리아의 청소년 교육자 성 요한 보스코는 이렇게 말했다.

"아이들을 사랑하는 것으로는 부족합니다. 그들이 사랑받고 있다고 느끼게 해 주어야 합니다."

그렇다. 아이들을 믿는 것만으로는 부족하다. 너를 믿고 있다는 것을 표현하고, 아이들이 그 믿음을 느낄 수 있도록 해 주어야 한다. 어른들도 마찬가지다. 나를 믿어주고 지지해주는 사람이 있을 때 놀라운 능력을 발휘할 수 있다.

인간은 대부분 자기 뇌 역량의 10%도 쓰지 못하고 죽는다고 한다. 우리는 흔히 자신의 능력을 최대로 발휘한 사람으로 아인슈타인을 꼽는다. 천재 과학자로 불리는 아인슈타인도 자기 뇌의 6%밖에 사용하지 않았다고 인류학자 마가렛 미드는 말했다. 그 수치가 정확한지 아닌지에 대해서는 과학자들이 더 연구하여 밝혀낼 일이지만, 모든 인간에게 아직 발현되지 않은 무한한 가능성이 있다는 것은 변함없는 진실이다. 그 가능성을 실현할 수 있도록 만드는 것이 바로 '꿈'이다.

내 아이의 꿈이 무엇인지, 내가 만나는 사람들에게 꿈이 무엇인지 질문해보자. 그리고 온 마음으로 그 꿈을 응원해주자. 내 응원을 받은 아이와 이웃이 그 꿈을 소중하게 키워나가는 모습을 지켜보는 행운을 만들자. 그런 행운을 가질 수 있는 나 역시 행운아다.

어디까지 책임져야 할까?

아들이 드론에 관심이 생겼다. 드론 관련 책을 도서관에서 빌려오고, 서점에서 구입하더니 읽고 또 읽었다. 유튜브에서 드론 관련 영상을 찾더니 몇 개의 채널을 즐겨찾기해 놓고 수시로 본다. 새벽까지 잠도 자지 않고 영상을 보며 메모하고, 자신이 메모한 내용을 정리하여 PPT 자료를 만들어 친구들과 공유하고 전문가에게 보여주며 조언을 구하기도 하는 등 말그대로 자기주도 학습을 해서 지켜보는 내내 기특했다. 내가 시켜서 억지로 할 때는 볼 수 없었던 모습이다. 스스로 보여주는 열정이기에 대견하기도 하고 은근히 기대도 됐다. 자신이 공부한 내용을 나에게 질문했을 때 내가 대답하지 못하면, 아들은 자신이 드론 전문가인 양 알은 체를 하며 설명해 준다. 그때마다 아들 어깨는 하늘 근처까지 솟아 있다.

그러다가 드론에 대한 이론만 공부하려니 싫증도 나고, 이미 구매한 작은 드론으로는 양이 차지 않았나 보다. 다양한 기능을 가진 드론을 직접 조종해 보고 싶은 욕구가 갈수록 치솟기에 전문가들이 사용하는 드론을 사달라고 끊임없이 나를 졸랐다.

하지만 아이가 원하는 드론은 가격부터 만만치 않다. 가격도 가격이거니와 아이가 언제까지 드론에 관심을 가질지 아이에 대한 믿음이 부족했기에 아이의 요청을 거절했다. 하지만 그 후로 아이는 1년 정도 용돈을 모으고, 거기에 어른들의 찬조금을 보태서 드디어 원하던 드론을 구매했다. 아들이 그렇게 행복하고 만족스러워 하는 표정은 처음 보았다.

제4차 산업혁명 시대에 드론은 매우 유망한 분야라는 것을 나도 알고 있었기에 아이가 드론에 관심을 가지고 열심히 하는 모습이 흐뭇하기만 했다. 이제 자신이 원하는 드론을 구매했으니, 더욱더 열심히 공부해서 일찌감치 자신의 꿈을 드론과 관련된 분야로 정하면 좋겠다는 생각도 들었다. 아들은 수색용 드론과 응급환자 이송이 가능한 드론을 만들어서 사람들을 돕고 싶다는 이야기도 했다.

그런 멋진 꿈을 꾸고 그 꿈을 위해 스스로 노력하는 "네가 너무 자랑스럽다."거나 "네 꿈을 응원한다."라는 말로 제법 근사한 부모인 듯나 자신을 포장했다. 아이는 신이 나서 새로 산 드론을 들고, 여기저기 다니며 비행을 하고, 영상도 찍어 오는 등 그야말로 행복한 시간을 보냈다.

그러던 어느 날, 아이와 함께 점심 식사를 마치고 이야기를 나누고 있는데 집으로 경찰이 찾아왔다. 경찰이라고 하면 무서운 사람이라는 나의 고정관념 때문에 순간적으로 긴장하고 예민한 태도로 맞이했다. 집 안으로 들어온 경찰은 피해 접수 사건 내용을 보여주었다.

사실을 알고 보니 이렇게 된 것이었다. 얼마 전 아이가 드론을 비행하다 추락사고가 났다고 한 적이 있었다. 그때 드론이 추락하면서 나뭇가지에 걸려 고장 났고, 결국 한 번 수리를 했었다. 그 날 드론이 아파트 12층 뒷 베란다 유리창에 충돌한 후 추락한 것이었는데, 아이는 그걸 몰랐고 눈에 보이는 대로 나뭇가지에 걸려서 추락한 것으로만 알고 있었던 것이다. 그 충격으로 베란다 유리가 깨졌고, 가해자는 나타나지 않으니 피해자는 뺑소니 사건으로 경찰에 신고했던 것이다.

경찰관의 설명을 듣고 나와 아이는 너무 놀라고 당황해서 갑자기 머릿속이 하얘졌다.

'도대체 이게 지금 무슨 상황이지?'

'경찰서에 신고가 들어갔으니 아이는 소년원에 가게 되는 건가?'

'아이고, 내가 못 살겠다. 왜 그놈의 드론은 사라고 허락해 가지고….'

잠시 동안 오만 가지 생각이 떠올랐다 사라졌다.

경찰관의 입회 하에 피해자와 통화를 했다. 처음에 피해자는 우리의 진술을 믿지 않았다. 그도 그럴 것이 그동안 태풍 2개가 지나갔으니 얼마나 불안하고 화가 났을까!

결국 피해자의 배려로 문제를 원만히 해결하기는 했지만, 베란다 유리 교체 비용 외에도 거기에 수반되는 이런저런 문제들이 있어서 꽤 골치 아픈 나날을 보냈다.

나는 말버릇처럼 아이의 꿈을 응원한다는 말을 해왔다. 내 아이뿐 아니라 모든 아이들은 자신이 원하는 꿈을 꿀 권리가 있고, 부모라면 당연히 아이의 꿈을 응원해야 한다. 부모로서 아이가 행복한 인생을 살도록 아이의 꿈을 응원해 주는 것은 당연한 일이라고 말이다. 그런데 이번 일을 겪으면서 나 자신에게 몇 가지 의문이 들었다.

아이의 꿈을 응원한다면 어디까지 책임져야 하는가? 나는 과연 아이가 꿈을 펼치는 과정 중 생기는 모든 상황에 대해 책임질 준비가 되어 있는가? 어떤 어려움이 생겨도 끝까지 아이를 믿고 응원할 수 있을까?

내가 그동안 "너의 꿈을 응원해, 도전해 봐."라고 한 말이 그저 남들에게 근사한 부모로 보이고 싶은 욕구 때문은 아니었는지, 아이에게 이해심 많고, 괜찮은 부모라는 것을 과시하기 위해 했던 말은 아니었는지, 책임질 생각도 없으면서 나를 포장하기 위해 아이의 꿈을 이용한 것은 아니었는지 많은 생각을 하고 나 자신을 뒤돌아보게 되었다.

빠르게 변하는 세상에서 아이들은 어른들보다 더 많은 정보를 습득하고 자기 것으로 받아들이는 능력이 있다. 수많은 정보 중에서 자신의 적성과 흥미를 발견하고 그 분야에 대한 꿈을 갖게 되기도 한다. 내 아이 역시 내가 전혀 모르는 분야와 관련된 꿈을 갖게 되었고, 그 꿈을 실현하기 위해 하나씩 준비하고 있었다. 내가 모르는 분야이기에 당연히 어떤 위험성이 동반되는지도 깊이 생각하지 못했고, 그 때문에 생각지도 못한 상황이 발생했을 때 놀라고 당황할 수밖에 없었다. 하지만 위와 같은 상황이 일어날 가능성은 얼마든지 있다. 최대한 준비하고 조심한다고 해도 미처 생각지도 못한 상황은 언제 어디서나 생길 수 있다.

이 사건을 통해 아이의 꿈을 응원한다는 그 말의 무게감을 실감하게 되었다. 모든 책임을 부모가, 어른이 떠맡을 수는 없지만 진정으로 아이의 꿈을 응원한다면 갑작스럽게 생기는 상황에서 아이에게 화살을 날리지 않을 마음의 준비 또한 함께해야 하지 않을까? 동시에 나 자신의 꿈에 대해서도 이런 책임감을 떠안을 마음 준비를 해야 하지 않을까?

오늘도 드론 관련 영상을 보며 무언가 열심히 정리하고 있는 아이 모습을 보며 마음속에서 기특함과 동시에 두려움이 생기는 걸 보니 아직도 화살촉이 무뎌지려면 멀었나 보다. 그래도 나는 꿈꾸는 네가 정말 좋다.

꿈으로 세상을 바꾼 사람들

"나에겐 꿈이 있습니다. 흑인 소년 소녀들이 백인 소년 소녀들과 손을 잡고 형제자매처럼 함께 걸어갈 수 있는 상황이 되는 꿈입니다."

흑인 인권운동가였던 마틴 루터 킹의 유명한 연설 〈나에게는 꿈이 있습니다〉에 나오는 대목이다. 과연 마틴 루터 킹의 꿈은 이루어졌을까? 마틴 루터 킹, 로자 파커스, 말콤 엑스 등을 비롯한 수많은 흑인 인권운동을 펼친 사람들의 꿈 덕분에 미국에서는 1955년에 〈흑인차별법〉이 철폐되었다.

소수 전문가들의 전유물이었던 컴퓨터를 모든 사람들이 갖고 싶은 물건으로 만들겠다는 스티브 잡스의 꿈 덕분에 지금 우리는 누구나 스마트폰을 사용하며 그 편리함을 누리고 있다. 물론 최근에는 지나친 스마트폰 사용으로 부작용을 겪는 사람들도 많지만, 스마트폰 과몰입 여부는 개인적인 문제이므로 여기에서는 논외로 하겠다.

중증 지체장애인, 국문학 박사, 동화작가, 강연가로 유명한 고정욱 작가는 수많은 작품으로 세상에 영향력을 끼치고 있다. 의사가 되고 싶은 꿈이 있었지만 장애인을 받아주지 않는 대학 앞에서 꿈을 포기하지 않고 국문학과에 들어가 대학 교수의 꿈을 키우고 소설가로, 동화작가로 꿈을 바꿔가며 수많은 작품을 쓴 고정욱 작가. 고정욱 작가는 특히 '장애'를 소재로 한 동화를 통해 장애인들과 비장애인들에게 장애에 대한 편견을 깨고 장애인들에게는 희망을 주고, 비장애인들에게는 '서로 다름'을 인식할 수 있도록 하는데 큰 영향을 끼치고 있다. 지금은 장애인들이 차별 받지 않는 세상, 마음의 장애를 가지고 있는 청소년들에게 꿈을 주기 위해 1년에 300회 가까이 전국 초·중·고등학교에서 강연함으로써 세상에 선한 영향력을 전파하고 있다.

역사 속으로 사라져 버린 인물이나 현대 기성세대가 아닌 젊은 친구들, 어린 친구들 중에서도 자신의 꿈을 통해 세상을 변화시키고 있는 이들이 많다. 16세의 소녀 그레타 툰베리는 매주 금요일 학교 대신 국회로 가서 환경보호를 외치며 1인 시위를 했다. 환경오염으로부터

지구를 보호해야 한다는 그레타 툰베리의 꿈은 각 나라 정상들에게 영향을 끼쳐 정상들은 환경보호를 위한 노력을 함께하기로 약속하고 서명했다. 꿈이 세상을 바꾼 또 하나의 예이다.

7세부터 아빠와 함께 환경운동을 시작한 노장원도 자신의 꿈으로 세상을 바꾼 인물이다. 노장원은 자신이 살고 있는 동네에 장수천이 점점 오염되는 것을 보며 날마다 잠자리채로 장수천 밑바닥에 있는 쓰레기를 건져 내고, 장수천의 변화를 알리는 행사를 기획하고, 물을 정화하는 창포를 심는 등 환경지킴이 활동을 했다. 그렇게 날마다 자신이 사는 곳을 지키고 가꾸는 장원이를 보고 어른들뿐만 아니라 친구들도 동참함으로써 썩은 물로 고약한 냄새가 나던 장수천이 다시 맑아지고, 많은 사람들이 환경보호 실천에 앞장서게 되었다. 노장원의 꿈은 환경지킴이가 되는 것이다. 이런 노장원의 이야기는 책으로도 출간되어 더 많은 사람들에게 영향을 끼치고 있다.

꿈을 꾼다는 것은 변화를 가져 온다는 것이다. 한 개인의 삶을 변화시키기도 하고, 공동체를 변화시키기도 하고, 나아가서는 국가와 인류를 변화시키기도 한다. 지금까지 꿈을 가진 다양한 사람들이 이 세상을 더 살기 좋은 곳으로 바꾸어 놓았다. 역사에 길이 남을 만큼 큰 영향을 끼친 사람도 있고, 알아주는 사람이 없어도 자신의 삶을 통해 꿈을 증명한 사람도 있다.

나에게는 '참다운 자신의 모습을 찾고 자신을 사랑하는 사람들과 함께 글쓰기로 행복한 세상을 만들고 싶다.'는 꿈이 있다. 그래서 가장 먼저 내가 누구인지 치열하게 고민하고, 나 자신에 대해 질문하고, 정의하는 일을 반복하면서 서서히 내 모습을 찾았다. 그렇게 발견한 내 모습을 인정하면서 마음이 자유로워졌고, 여러 가지로 부족한 점이 많지만, 있는 그대로의 내 모습을 사랑할 수 있게 되었다.

이런 내 경험을 여러 사람들과 나누면서 나처럼 자신의 참모습을 찾고 싶어 하는 사람들, 자신을 찾는 과정 중에 힘들어 하는 사람들에게 위로와 용기를 불어넣어 주고 싶다. 나와 소통하는 사람들이 하나 둘 늘어나면서 내 꿈이 이루어지는 모습을 볼 수 있다는 것이 얼마나 가슴 벅차고 행복한 일인지…. 그렇게 자기 자신을 찾은 사람들은 분명히 그들의 이웃에게 자신의 경험을 나눠주면서 또 한 사람의 삶을 변화시킬 것이다.

또 글쓰기로 행복한 세상을 만들고 싶다는 꿈이 있었기에, 24년 전부터 아이들에게 동화책을 읽고 글쓰기를 지도하는 독서지도사로 활동하기 시작했다. 글쓰기를 어려워하는 아이들에게 글쓰기가 어려운 것이 아니고, 자신의 마음을 표현하는 좋은 도구라는 것을 알려줄 수 있을까 하고 틈나는 대로 고민했다. 글쓰기 지도와 관련된 책을 수없이 많이 읽고, 나름대로 방법을 찾아내어 수업시간에 아이들에게 적용해 보고, 다시 보완하는 과정을 거쳐서 매뉴얼을 만들었다. 내가 만든 매뉴얼로 아이들을 지도했더니 아이들이 책 읽기와 글쓰기를 좋아하게 되는 것을 확실히 느낄 수 있었다. 이처럼 좋아하는 일을 하면서 행복한 시간을 보내고 있으니 지금도 내 꿈은 계속 성취되고 있는 셈이다. 또 나와 같은 비전을 가지고 자신의 꿈을 이루고 싶은 어른들을 교육하는 강사 양성 과정도 진행하고 있으니 내 꿈은 갈수록 확장되면서 실현되고 있다.

이 세상을 둘러보면 꿈을 갖고 그 꿈을 이루기 위해 열심히 노력하는 사람들이 무척 많다. 그들의 노력은 자기 자신에게는 물론이고 다른 사람들에게도 영향을 끼친다. 그런 작은 행동 하나하나가 모여 나와 이웃을, 사회를 나라를 나아가 세계를 변화시킨다. 이 세상을 변화시키는 데에는 지도자나 기업처럼 크게 영향력을 끼치는 이들의 행동도 중요하지만, 평범한 이들의 작은 꿈이 계속 이루어지고 그것이 이어질 때 더욱 가치 있고 의미 있는 일이 된다. 나의 작은 행동이 이 세상을 좀 더 살기 좋은 곳으로 만들 수 있다면 얼마나 가슴 벅차고 보람 있는 일인가!

내 꿈이 무엇인지 다시 생각해보자. 그 꿈을 생각할 때 내 가슴이 뛰는가? 그렇다면 그 꿈을 이루기 위해 당장 무엇을 해야 하는지 곰곰이 생각해 보자. 작은 일부터 하나씩 시도해 보자. 그 꿈을 생각하면서 하는 작은 도전에서 가장 먼저 기쁨을 발견하는 사람은 바로 자기 자신이다. 그리고 그 모습을 지켜보는 가까운 이들에게도 그 기쁨은 반드시 전달될 것이다. 그러면 가까운 이웃이 또다시 잠자고 있는 자신의 꿈을 찾을 것이고, 그 이웃의 꿈은 날개를 펴기 위한 준비를 할 것이고, 또 다른 사람이 그 모습을 보고 도전하고….

오늘보다 나은 내일, 내일보다 나은 모레가 우리를 기다리고 있다. 꿈꾸는 사람이 사라지지 않는 한 이 세상은 분명히 조금씩 더 살기 좋은 세상으로 변할 것이다. 그 중심에 우리의 꿈이 있다.

꿈꾸는 삶, 행복의 지름길

날마다 아침에 눈 뜨는 게 지옥 같았다. 새로운 하루를 맞이한다는 게 가슴 뛰고 감사하기보다 차라리 영원히 눈을 감고 싶다는 마음이 들 정도였다. 보습학원에서 아이들에게 수학을 가르치고 있었다. 열심히 일했고 성과도 좋았지만 그 일은 내가 하고 싶은 일이 아니었다. 맡은 일에 최선을 다하는 성격이기에 수업 준비도 열심히 했고, 아이들도 학부모들도 만족했다. 정작 나 자신만 빼고…. 그렇게 하루하루 사는 게 너무 힘들고 답답했다. 어떻게 해야 하지?

"모든 국민은 인간으로서의 존엄과 가치를 가지며
행복을 추구할 권리를 가진다."

우리나라 헌법 제10조의 내용이다. 법에서 정하지 않았더라도 인간은 누구나 행복한 삶을 원한다. 불행한 삶을 원하는 사람은 아무도 없다. 누구나 행복을 찾기 위해 노력하고, 행복을 손에 쥐려고 한다. 그래서 자신이 어떤 경우에 행복한지 생각해보고 그 행복을 더욱 배가시키기 위해 끊임없이 노력한다. 행복을 추구하고, 행복을 누리고, 행복을 꿈꾸는 과정이 곧 삶이 아닐까?

24년 동안 아이들에게 책 읽기와 글쓰기 지도를 하고 있다. 그동안 수많은 아이들과 부모님들을 만났다. 내가 만나는 아이들은 기본적으로 독서와 글쓰기의 중요성을 인식하는 아이들이다. 부모님 역시 책 읽기와 글쓰기가 중요하다고 생각하는 분들이다. 책 읽기와 글쓰기를 통해 아이들에게 전하고 싶은 메시지가 많은데, 그중 하나가 바로 '꿈꾸는 삶'이다. 직업적으로 성공하는 것도 좋지만 그보다 앞서 자신의 꿈을 찾고, 꿈을 실현해가는 과정에서 즐거움을 찾고, 느낄 수 있게 하고 싶다. 아직 현실주의에 빠지지 않은 어린 시절의 꿈에 대해 많이 이야기하고 많이 보여주고 싶다. 꿈꾸는 삶을 사는 사람들에 대해 이야기해주고 그들이 느끼는 행복을 간접적으로라도 느낄 수 있게 하고 싶다. 그러기 위해서는 내가 먼저 꿈꾸는 삶을 살아야 한다.

꿈꾸는 삶을 살기 위해서는 어떻게 해야 할까? 모든 일에 의욕이 없는 아이들도 자신이 원하는 것을 하라고 하면 눈을 반짝이며 생기가 솟아난다. 언제 그랬냐싶게 목소리도 커지고 몸도 들썩들썩 기운이 솟는다. 잠깐 동안이라도 자신들이 하고 싶은 것을 할 때 달라지는 아이들이 평생을 자신이 하고 싶은 일을 하면서 살 수 있다면 얼마나 큰 에너지를 발산할까? 생각만으로도 가슴이 벅차다. 아이들뿐 아니라 어른인 나도 내가 하고 싶은 일을 하면서 평생을 살 수 있다면 얼마나 좋을까? 매 순간순간이 감사로 채워진다면 그런 삶이야말로 최고의 삶이라고 할 수 있지 않을까?

그런 삶을 위해 가장 먼저 해야 하는 일은 바로 이것저것에 발을 담궈 보는 것이다. 평소에 내가 하고 싶었던 분야나, 관심 있었던 분야, 반대로 전혀 낯선 분야에 도전해 보는 것이다.

나는 그림에 대해서는 문외한이다. 초등학교 때부터 미술 시간이 제일 싫었다. 만들기는 어느 정도 따라할 수 있었지만 그리기는 정말 하고 싶지 않은 분야였다. 그림을 그려야 할 경우가 생기면 어떻게 해서라도 그 자리를 벗어나고 싶을 정도로 심한 열등감이 있었다. 결혼 후 내 아이에게 다양한 경험을 시켜준다고 여기저기 많이 데리고 다녔지만 나의 열등감 때문에 미술관에는 한 번도 가지 않았다. 이런 나의 열등감을 극복하려고 몇 년 전에 연필화를 배우러 다녔다. 그때 처음으로 내가 그림그리기에 열등감을 가져야 할 정도로 젬병은 아니라는 것을 알았다. 그리고 선생님이 가르쳐주시는 대로 차근차근 따라했더니 제법 근사한 그림이 완성됐다. 나이 사십이 훨씬 넘어서야 깨뜨리게 된 열등감이라니. 그 이후로 그림에 대해 관심이 생겼고 전시회가 있으면 찾아간다. 물론 아직도 그림을 잘 이해하지 못하지만 이제는 그림을 보는 것이 즐겁다. 내 버킷리스트 중 하나인 이탈리아 바티칸의 성 베드로 성당에 가게 된다면 로마에 있는 보르게세 미술관에도 가고 싶다. 미술관에서 천천히 작품을 둘러보는 내 모습을 상상하는 것만으로도 가슴 뛰고 행복하다.

행복한 삶을 살고 싶은가? 그렇다면 지금 당장 꿈을 꿔라. 편안한 곳에서 눈을 감고 마음을 가라앉히고 천천히 마음속으로 그려보라. 내가 하고 싶은 것을, 되고 싶은 모습을, 가고 싶은 곳을, 나누고 싶은 것을. 하나하나 구체적이고 생생하게 이미지를 그려보라. 그런 것들이 실현 가능한지 아닌지는 생각하지 말고 그냥 꿈을 그리는 그순간에 집중하고 즐겨라. 마음속에서부터 솟아나는 기쁨을 경험할 수 있을 것이다. 얼굴에 미소가 떠오르고, 기분이 좋아지고, 온몸이 따뜻해지는 것을 느낄 것이다. 불끈 주먹이 쥐어지고, 세상은 살 만한 곳이라는 생각이 들 것이다.

꿈 목록이 어느 정도 머릿속에서 만들어졌다면 눈을 뜨고 이제는 마음속에 그린 이미지를 종이에 적어 보자. 비슷비슷하게 생각되더라도 하나로 통합하지 말고 최대한 자세하게 적어보자. 꿈 목록이 늘어날수록 설렘도 커질 것이다. 한 번에 다 적지 못해도 괜찮다. 수시로 생각날 때 마다 추가로 적으면 된다. 지금 당장 할 수 있는 작은 꿈부터 몇 년, 몇 십 년이 걸려야 가능한 꿈, 내 힘으로 이룰 수 있는 꿈부터 내 능력으로는 절대 불가능해 보이는 꿈까지 현실적이고 이론적인 기준은 접어두고 그저 마음이 이끄는 대로 적어보자. 꿈을 적는 그 순간만큼은 이 세상 무엇도 부러울 것 없는 행복한 사람일 것이다. 행복한 삶을 사는 방법이 너무 간단하지 않은가?

내가 먼저 꿈을 꾸면서 행복을 맛봤다면 이제는 우리 아이들도 그 맛을 볼 수 있게 해야 한다. 우리가 아이들에게 가장 바라는 것이 무엇인가? 바로 아이들이 행복한 삶을 사는 것. 그것이 부모로서, 어른으로서 우리 아이들에게 바라는 모습이다. 아이들이 행복하려면 자신이 원하는 일, 원하는 모습, 원하는 방향으로 갈 수 있도록 도와줘야 한다. 그것을 알 수 있는 방법이 바로 자신의 꿈 목록을 적어 보는 것이다. 하나 둘 목록을 적으면서 아이들은 행복을 맛 볼 것이다. 자신이 적은 꿈이 하나씩 이루어질 때마다 더 큰 기쁨을 느낄 것이다. 그런 기쁨을 느끼는 삶을 살 수 있다면 그보다 더 행복한 인생이 어디 있을까?

법에서 정한 '행복 추구권'보다 훨씬 더 강력한 마음의 법으로 행복을 찾을 수 있다. 그것은 바로 꿈꾸는 삶이다. 꿈꾸는 삶이 행복의 지름길이다.

우리 함께 손잡고 지름길을 향해 나아가자.

상상이 현실을 창조한다
나애정

자신의 관념대로 행동하고 경험한다

"자기 자신에 대한 관념만이 삶의 모든 원인이라고 말합니다. 그래서 내부에서 먼저 변화가 찾아와야만 합니다. 바깥세상에서 변화가 찾아오지 않는다면, 그것은 내부 세상이 바뀌지 않아서입니다."

《네빌 고다드 5일간의 강의》에서 네빌 고다드는 관념에 대한 이야기를 했다. 좋은 행동이나 습관도 그것에 대한 관념이 우리의 마음에 완전히 들어서지 못했다면 그것은 일시적인 모습일 뿐이다.

초등학교 고학년인 아이들은 천방지축이다. 좋은 습관을 형성해야 하는 시기이기에 공부, 운동, 독서의 세 영역으로 나누어서 관리를 하고 있다. 지금은 방학. 학교에서도 방학 동안 할 목표를 세우라고 계획표를 주었다.

큰아이는 집에서 강조하는 바로 그 영역의 목표치를 적었다. 아이는 공부, 운동, 독서에 대한 목표치를 각각 적었는데, 집에서 공부하기, 줄넘기 200개 하기, 하루 30분 책 읽기를 적었다. 너무 쉬운 목표치인 것 같아 한마디 하기는 했지만, 그래도 일단은 작은 행동이지만 꾸준히 실천하는 것이 중요하기에 열심히 하라고 격려하였다. 작은아이는 학교 계획표에 달력까지 제공되어 있고, 해야 할 항목은 자유롭게 정할 수 있도록 하였다. 나는 2개 정도로 방학 동안 할 것을 정하라고 했고, 아이는 오전과 오후로 나누어 하루에 2번 독서하기, 줄넘기 200개 하기라는 계획을 적었다. 일단 작은아이도 매일 실천하면서 달력에 체크하고 습관을 형성할 수 있도록 격려해 주었다.

나는 아이들에게 아침에 일어나자마자 책을 읽으라고 강조한다. 아침에 가장 먼저 하는 행동이 하루 활동에 영향을 미치기 때문이다. 경험상 기상 직후에 책을 읽는다면 하루 중 다시 책을 잡게 되는 경우가 많았다. 아마 그것이 운동이라면 오후에도 운동을 하고 싶어지지 않을까. 어떤 행동을 하든지 기상 직후 한 일은 하루 중에 또 하고 싶어지고 또 하게 될 확률이 높을 것이다. 기상 직후에 한 활동이 몰입의 즐거움을 느낄 수 있도록 해서 그렇지 않을까 생각해 본다. 그래서 나는 아이들에게도 이왕이면 아침 기상하자마자 활자를 보라고 강조하고 있다. 기상 직후 책 읽고 공부하는 것이 인생 최고의 습관이 되면 좋겠다는 생각에서 말이다. 아이들은 아직 어려서 그런지 고집 피우지 않고 잘 따라오는 편이다. 여러 차례 잔소리를 들어서인지 아이들은 일어나면 독서부터 한다. TV 보는 시간은 최대로 뒷시간대로 미루어 둔다. TV는 한 번 보기 시작하면 중단하기 쉽지 않기 때문에, TV를 켜기 전에 해야 할 일을 마무리한 후에 켜게 한다.

하루는 아침에 볼일이 있어서 잠깐 외출을 했다가 들어왔다. 남편은 나를 조용한 곳으로 데리고 가더니, 오전에는 될 수 있으면 나가지 말라고 부탁조로 이야기한다.

그 이유를 들어보니 아이들이 엄마가 없으니 책도 읽는 둥 마는 둥 공부는 뒷전이고 게임만 한다는 것이다. 엄마가 있을 때는 엄마의 열의에 그저 따라 줄 뿐 아직 마음까지 독서, 공부, 운동에 대한 필요성을 느끼지 못하고 있었던 것이다. 마음이 그러니 행동도 당연히 그 마음을 따라 갈 수밖에 없다. 행동하는 것 자체보다 중요한 것이 있다. 행동은 언제든 바뀔 수 있다. 그 중심에 마음이 없을 경우에는 그렇다. 공부를 해야겠다는 내면의 관념이 아직 생기기 전이니, 아이들은 재미와 흥미에 이끌려 말초적인 행동을 하게 된다. 아이들 내면이 변화하고 관념이 변화하기까지는 아직 더 많은 시간이 필요한 듯하다.

"자신의 관념대로 행동하게 되고,
자신에 대한 관념대로 경험하게 됩니다."

네빌 고다드는 우리의 관념에 대해서 많은 이야기를 하고 있다. 그 중 하나가 바로 관념이 우리의 행동과 경험을 결정한다는 것이다. 내 안에 가지고 있는 관념들이 곧 우리의 삶이 되고 우리의 세상이 된다는 의미다.

최근 나는 불쌍한 강아지를 위한 봉사활동에 참여하고 있다. 우연히 계양산의 개 농장에서 구조된 200마리의 개들에 대한 소식을 듣게 되었다. 개 농장이라고 해서 그냥 농장이라고 처음에는 생각했지만, 그것이 아니었다. 식용견을 키우는 곳을 개 농장이라고 부른다고 한다. 아직도 많은 사람들이 개를 식용으로 하고 있나 보다. 못살던 시절, 먹을 것이 없어서 이것저것 먹는 시대의 관습이 아직 이어지고 있다. 요즘 세상에 위생적이며 건강하게 먹을 수 있는 식재료가 얼마나 많은데…. 이제는 바뀌었으면 한다.

개는 어떤 사람들에게는 집안에서 함께 웃고 즐기는 가족과 같은 존재이다. 조금만 생각해 보면, 개의 고통을 충분히 느낄 수 있다. 여하튼 나는 불쌍한 개들을 위해 시간 날 때 봉사를 다닌다. 주로 책의 문구와 감상에 대해 글을 쓰는 나의 인스타그램에 개들에 대한 글도 가끔씩 쓰고 있다.

이렇게 개 농장의 개들에게까지 관심을 보이고 봉사를 하게 된 것은 17년을 살다가 간 우리집 애견 '모두' 때문이다. 모두는 얼마 전에 무지개다리를 건넜다. 17년 살았으니, 사람 나이로 계산하면 보통 계산 방식인 곱하기 7을 하여 119세이다. 살 만큼 살다가 갔다. 하지만 안타깝게 여기는 것은 필리핀 세부에서 그리 되었기 때문이다. 아이들과 세부 살이 하다가 잠시 귀국한 사이 '모두'는 먼 길을 떠나고 말았다. 옆에 있어 주지 못한 미안함이 크다. 그 미안함 때문인지 나는 그 후로 주인 없이 힘들게 사는 불쌍한 개·고양이들을 돌아보게 되었다. 어느 날 갑자기 계양산 개 농장 개들이 눈에 뜨인 것도 아마도 그래서인 것 같다. 내 마음에 가득 찬 모두에 대한 미안함과 안타까움의 관념들이 봉사라는 행동으로 이어졌고, 또 다른 세상을 경험하게 만들었다.

특별한 경험이 관념을 바꾸기도 하지만 독서도 꾸준히 내면의 관념을 변화시킨다. 책 읽기는 내 마음에 거센 물결을 일으킨다. 세상 혼자서는 살지 못하는 것이다. 마음에 휘몰아치는 혁신의 바람도 스스로 만들기는 쉽지 않다. 나는 육아서를 읽으면서 본격적으로 독서를 하기 시작했는데, 그당시 필요에 의해서 읽다 보니, 스폰지가 물을 흡수하듯이 읽어 대었다. 육아서에 몰입하다 보니 독서습관을 가지게 되었고 읽는 주제도 더욱 다양해졌다. 다양한 주제는 내 마음에 다양한 영향을 미쳤고, 나의 내면에도 변화를 가져왔다. 그당시 주로 자기계발서를 많이 읽었는데, 자기계발서에 나오는 주인공처럼 새로운 도전 욕구가 발동하게 되었다. 그전에는 관심도 없고 내 일도 아니라고 여겼던 일까지 도전해 볼 용기가 생겼다. 사실 내 일이 아니라고 한 일들 중에 어떤 것들은 스스로 어렵다고 생각하기 때문에 방호벽을 친 것들이 많다. 그런 일일수록 내 삶에 가치 있는 일이 될 수 있다. 대표적인 것이 책 쓰기이다. 그 후로 책 쓰기에도 관심을 가지기 시작했다. 새벽 독서를 하고, 감동을 체험하면서 나의 삶을 다른 사람들에게 공유하는 작가가 되어야겠다는 욕구가 솟구쳐 올랐다. 만약 내게 내면의 변화, 관념의 변화가 없었다면, 지금 나는 책을 쓰는 삶을 살지 못했을 것이다.

> "자아에 대해 지니고 있는 관념에 좌우해서 우리의 삶을 빛나게 할 수도 있고 어둡게 할 수도 있습니다. 자기 자신에 대한 관념 외에 중요한 것은 없습니다."

네빌 고다드의 이 말이 나에게도 딱 맞는 말이었다.

자신의 관념대로 행동하고 경험한다. 내 안의 관념이 나의 삶이 되고 나의 세상이 된다는 것을 받아들여야 한다. 외부에 보이는 것 위주로 행동하는 것은 수명이 길지 않다. 자극에 반응하는 것 외에 아무 의미가 없다.

소중한 시간을 낭비하지 말아야겠다. 어떤 마음가짐, 어떤 관념들을 가지고 있느냐에 따라 우리 주변 환경들은 변화되고 새롭게 형성된다. 책을 읽으면서 배우고 깨달아야 새로운 관념들을 마음에 심을 수 있다. 또한 상상으로 그림을 그리고, 그 그림을 나의 마음 깊은 곳에 채워 넣을 수도 있다.

방법은 여러 가지이다. 중요한 것은 나의 소중한 삶이 만족스럽고 행복하며 가치 있는 것이 될 수 있도록 나의 관념을 높은 수준으로 고양시켜 채우는 것이다.

네빌 고다드의 다음 명언을 가슴에 새기고 소중한 내 아이에게도 아이의 언어로 이야기해 주자.

> "의심할 여지없이 인간에게 주어진 유일한 과업은 자신의 관념을 위대함으로 채우고 그것을 계속 유지하는 것이다."

원하는 것을 보다 명확하게

엄마들은 내 자식에게는 제일 좋은 것을 주고 싶어 한다. 자식에게 도움이 되는 것들이라면 엄마는 그것을 꼭 해주고 싶다.

나는 집에서 먹지 않는 것이 있다. 바로 우유와 계란이다. 갱년기에 접어든 나에게는 일부러라도 챙겨먹어야 할 음식이지만 이상하게 손이 잘 가지 않는다. 가까운 마트에서 쉽게 살 수 있는 것들임에도 불구하고 그것들을 먹지 않는다. 이유는 아마도 아이들이 좋아하는 것들이고 아이들의 성장을 위해 꼭 필요한 것들이기 때문일 것이다. 당장 없으면 아이들을 먹이지 못하기에, 차마 내 몫으로 돌리지 못하는 것이다. 이처럼 그럴 필요까지 없는 아주 사소한 것에서부터 엄마들은 자식을 생각하고 있다. 하물며 자식의 인생에 꼭 필요한 것들이라면, 더욱 챙겨 주고 싶은 것이 엄마의 마음이다.

미국에서 딸의 대리모를 한 여인이 딸을 순산했다는 기사를 우연히 보게 되었다. 엄마는 51세, 딸은 29세이다. 딸은 3년 전에 결혼을 했지만 자연 임신이 되지 않아 병원을 찾아 인공수정을 하여 임신에는 성공했지만, 여러 차례 유산이 되었다. 결국 자궁의 상태가 안 좋아져 의사는 더 이상 임신을 할 수 있는 상태가 아니라고 선언했고, 아이를 낳으려면 대리모가 필요하다는 이야기를 했다고 한다. 그 사실을 안 엄마는 지체 없이 자신이 그 대리모 역할을 하겠다고 말했고, 주변의 반대를 무릅쓰고 결국 딸의 대리모가 되었다. 엄마는 이미 폐경이 된 상태였지만, 딸을 위해 딸이 가장 간절히 바라는 아기를 선물하기 위해 희생을 감수했다. 결국 의료기술의 도움을 받아 엄마는 딸에게 예쁜 딸을 낳아 안겨줄 수 있었다.

딸은 엄마에게 이렇게 이야기했다.

"천사같은 이 작은아이를 세상에 데리고 온 엄마의 희생에 숨이 멎을 것 같다."

딸의 감격이 그대로 느껴지는 말이다. 정말 엄마는 위대했다. 어떤 어려운 일이 있더라도, 내 자식에게만은 최고의 것을 주고 싶은 엄마의 마음이다. 그런 마음이 없었다면 그런 기적 같은 일은 일어나지 못했을 것이다.

나 또한 내 자식에게만은 꼭 알려주고 싶은 것이 있다. 그것은 바로 '명확한 목표 설정'이다. 살면서 아이들이 이것만은 꼭 실천했으면 좋겠다. 나는 여러 차례에 걸쳐 명확한 목표 설정으로 인해 삶이 얼마 만큼 달라지는지 경험했다. 나의 아이들이 시간과 환경에 지배당하면서 부초처럼 흔들리는 것을 원치 않는다. 자신이 진정 원하는 것이 무엇인지 깨닫고, 그것을 향해 과감하게 나아가기를 바란다.

원하는 바가 명확하다면, 삶은 자연스럽게 원하는 바를 좇게 된다. 원하는 것, 목표로 하는 것이 분명하지 않으면 생각 없이 흔들리며 살게 되는 것이다. 그래서 자신이 원하는 삶을 살기 위해 스스로 원하는 것이 무엇인지 명확히 할 것을 아이들에게 강조하고 싶다.

2년 전 필리핀 세부 살이를 강행할 때가 생각난다. 영어도 잘 못하고 나이도 적지 않았지만 나는 필리핀 세부 살이를 간절히 원했다. 그 이유는 나이 많은 엄마가 아이들에게 특별한 선물을 주고 싶었기 때문이다. 엄마와 함께하는 해외에서의 삶, 조금은 특별한 추억을 아이들에게 남겨 주고 싶었다. 마침 육아휴직도 가능했고, 아이들도 아직 어려 엄마의 의견을 별 반대 없이 잘 따라 주는 나이이기도 했기에 많은 고민 없이 결단을 내리게 되었다.

"나는 지금으로부터 두 달 뒤, 필리핀 세부를 향하는 비행기 안에서 창밖 하늘을 바라본다.”

명확하게 내가 원하는 것을 문장으로 적었다. 이 문장을 나의 마음에 새겼다. 문장만 새긴 것이 아니라, 마음속으로 영상을 찍었다. 아이들을 양 옆에 앉히고 비행기 안에서 창밖을 바라보는 나의 모습이 선명하게 움직임으로 그려졌다. 또 하나의 영상은 필리핀 세부의 빌리지 1층에서 아이들에게 아침을 먹여 학교에 보내고 난 뒤 식탁에 앉아 글을 쓰는 나의 모습이었다.

수시로 세부 살이에 대한 생각을 했다. 생각하고 상상하면서 세부 생활을 그려 보니, 정말 나의 현실로 다가 올 듯한 믿음이 생겼다. 생각한 것들이 내 마음을 가득 채워 갈수록, 그 믿음은 확신으로 바뀌어 갔다. 자꾸 상상하고 생각할수록 더욱 그것은 선명해지고, 하나하나 방법을 찾으면서 점점 현실이 되고 있었다.

처음에는 유학원을 통해서만 세부 살이가 가능하다고 생각했다. 하지만 경제 여건상 비용이 부담되어 다른 방법을 찾게 되었다. 보다 현실적인 방법을 찾다 보니 필리핀 세부에 거주하고 있는 A씨와 연락이 되었고, A씨의 도움을 받아 결국 세부에 갈 수 있었다. 필리핀 세부 살이를 결심하고 난 뒤 꼭 2개월 만의 일이었다. 머리 속에서 간절히 그려내던 장면, 필리핀을 향한 비행기 안에서 창문을 통해 창공을 바라보는 나의 모습이 현실이 되었다. 필리핀 세부에서 책을 쓰고 그 해 3권의 책을 출간했다. 원하는 것을 명확하게 하지 않았다면 그 일은 나의 삶에서 일어나지 않았을 것이다. 그냥 흘러가는 대로 살았을지도 모른다.

하지만 간절하게 원하는 것이 무엇인지 스스로도 잘 모르는 경우가 많다. 살다 보면 눈앞에 보이는 것 위주로 살아가기 때문이다. 당장 아침에 밥해야 하고, 아이들 깨워서 먹여야 하고, 나도 챙겨서 출근해야 한다. 아이들은 그날 그날 숙제를 해야 하고, 정해진 일정에 따라 학원도 다녀와야 하고, 친구들과 약속 시간에 맞추어 놀러도 가야 한다. 하루하루가 바쁘다. 너무나 바빠서, 미래에 내가 진짜 되고 싶은 것이 무엇인지, 내가 간절히 원하는 것이 무엇인지 생각할 겨를이 없다.

하루는 그저 하루일 뿐이다. 하지만 원하는 것을 명확하게 한다면, 하루는 그 원하는 것을 달성하기 위한 여정의 하루가 된다. 결국 이런 하루가 모여서 내가 원하는 모습이 되고, 내가 원하는 것을 갖게 되는 것이다. 그렇기 때문에 내가 원하는 것을 명확하게 하고 하루를 살아야 한다는 것을 아이들에게 강조하고 싶다. 다른 것은 잊어버리더라도, 내가 원하는 것은 무엇인지 잊어버리면 안 된다고 강조 또 강조하고 싶은 것이다.

원하는 것을 명확하게 정해야 하는 또 다른 중요한 이유는 생활이 목표 달성을 위해 세팅되기 때문이다. 하루의 일과가 원하는 것을 이루기 위한 과정이 된다. 우리의 뇌는 참으로 놀랍다. 가장 중요한 것, 내가 원하는 것을 확실하게 머리에 각인시키면, 무의식 중에도 그것이 중심이 된 생활을 하게 된다. 의식적인 것은 무의식이라는 빙산의 일각에 불과하다. 의식적인 부분뿐 아니라 무의식적인 부분에서까지 뇌가 지배받아 나도 모르게 내가 원하는 목표를 향한 삶을 살게 된다. 그렇기 때문에 원하는 것을 결정하고, 결정한 그것을 더욱 명확하게 마음속에 심는 것이 중요하다. 진정한 성공은 무의식이 작용하여야만 가능하다. 무의식은 다른 말로 잠재의식이라고도 한다. 잠재의식이 작동하는 일들은 성취될 가능성이 크다. 목표의식, 즉 원하는 것을 명확하게 하는 행위 자체가 바로 무의식, 잠재의식을 발동하게 하는 열쇠다.

내 삶은 내가 원하는 방향대로 살 수 있다. 그 유일한 방법은 내 원하는 것을 찾고 그것을 명확하게 하여 내 의식의 중심에 박아두는 것이다. 아주 사소한 것이라도 상관없다. 아주 크고 가치 있는 목표라면 더욱 좋다. 계속 업데이트하면서 원하는 것을 정해도 된다.

하지만 목표가 없거나 명확하지 않다면, 내가 얻는 것이 적다. 평범한 삶을 살 수는 있을지언정, 내가 원하는 삶이 되지는 못할 것이다. 무엇이든지 상관없다. 내가 원하는 것이 무엇인지 찾아 보자. 1년 뒤, 3년 뒤, 5년 뒤, 몇십 년 뒤, 장기 또는 단기에 맞는 목표를 세우고 그것을 명확하게 만들어 나가야 한다. 목표를 달성한 나의 모습을 상상하고, 원하는 삶의 영화처럼 머리 속으로 예고편을 만들어 보자. 또한 가장 기본이자 중요한 부분, 목표를 문장으로 만들어 수시로 보고 마음에 새기자. 그렇게 내가 원하는 바가 내 마음에 명확하게 자리잡아 실제처럼 느껴진다면, 이제 삶으로 구현하는 일만 남는다. 한 번뿐인 소중한 삶, 내가 원하는 대로 살아갈 수 있기를.

상상의 두 가지 테크닉

원하는 바를 명확하게 정했다면, 다음으로 해야 할 일은 바로 상상하는 것이다. 원하는 바가 달성되었을 때를 마음으로 먼저 상상해 보는 것이다.

보통 초등학생 때가 상상력이 가장 왕성한 시기라고 한다. 나의 경우, 그맘 때 무서운 생각을 많이 했었다. 그 무서움의 대상은 바로 귀신이었다. 귀신을 생각하면, 집안 모든 곳이 귀신이 출몰하는 장소로 여겨졌다. 특히 불을 끄고 누우면 천장에서 귀신이 나의 얼굴을 들여다보고 있는 것처럼 느껴졌다. 화장실 문이 조금이라도 열려 있으면, 컴컴한 화장실 안에서 나를 쳐다보는 귀신이 상상되었다. 때와 장소 불문, 귀신에 대한 상상은 그야말로 상상을 초월할 정도로 끈질겼고 다양했었다.

어른이 된 지금, 귀신에 대한 두려움은 거의 없다. 그런 쪽으로의 상상력은 이제 발현되지 않는다. 어른이 된 이후, 의도적으로 하지 않으면 상상하는 것조차 쉽지 않다고나 할까. 철이 들면서 자연스럽게 퇴화된 것이 바로 상상력이다. 하지만 이 상상은 어른에게나 아이에게나 매우 중요한 것인데, 그 이유는 간절한 무엇인가를 이루는 데 상상력이 큰 역할을 담당하기 때문이다.

명확하게 원하는 바를 정했다면 그것이 달성되었다고 상상해 보자. 이렇게 상상하는 이유는 상상을 통해 현실이 될 수 있기 때문이다. 잘 믿기지는 않겠지만, 나의 과거를 돌이켜 보면 간절하게 상상했던 것들이 현실로 이루어진 경우가 많았다.

나의 인생 첫 책 쓰기도 그중 하나였다. 나는 독서와 책 쓰기를 힘든 세상살이를 견뎌내기 위한 하나의 방편으로 시작하게 되었다. 아이를 낳고 육아를 시작하면서 아이를 어떻게 하면 잘 키울 수 있을지 고민하다가 대학 때 책에 빠져 지내던 시절을 떠올렸다. 그때는 소설책을 붙들고 살았다. 수업 중에도 교과서 밑에 숨겨두고 읽을 정도로 독서를 즐겼다. 대학을 졸업하고 취직하고부터 직장생활을 핑계로 책을 거의 읽지 않고 살았다. 육아를 시작하면서 도저히 다른 육아해법을 찾지 못해 다시 책을 잡게 되었다.

여러 권의 육아서를 비교해가며 읽은 후 공통적으로 중요하게 강조하는 부분을 나의 육아에 적용했다.

책 쓰기도 독서의 연장선에서 도전하게 되었다. 그것은 바닥을 친 자존감을 되찾고, 나도 할 수 있다는 자신감을 얻기 위해서였다. 지금 돌이켜보면 어떻게 책 쓰기를 하게 되었는지 이해되지 않는다. 왜냐하면 나는 그때까지 글이라고는 전혀 쓰지 않았던 사람이었기 때문이다. 사실 책 쓰기를 시작하고 고민을 많이 했다. 짧은 글은 그래도 쓰겠는데, A4용지 두 장을 채우는 것조차 쉽지 않았기 때문이었다.

그래서 나는 매일 밤 책을 출간하고 환하게 웃는 모습을 상상했다. 하지만 써 본 적 없는 글이 하루 아침에 술술 써질리 만무했다. 지금 돌이켜 보면 인생 첫 책 쓰기를 하기 전에 가벼운 글쓰기로 워밍업을 했더라면 조금 더 수월하게 책 쓰기에 도전할 수 있지 않았을까 싶다. 조금만 용기를 낸다면, 글을 쓰고 그 글을 타인과 공유하면서 얼마든지 글 쓰는 훈련을 할 수 있다. 블로그 못지 않게 요즘 대세는 인스타그램이다. 인스타그램에 짧은 영상과 글을 올리며 글쓰기 연습도 하면서 인지도를 올려가는 사람들도 많다. 그렇게 미리 워밍업을 했다면, 인생 첫 책 쓰기를 좀 더 수월하게 진행했을 것이다. 하지만 나는 SNS를 이용한 워밍업도 없이 바로 인생 첫 책 쓰기를 시작했다.

그 대신 잊지 않고 한 것이 바로 상상이다. 1개월 이내 초고 완성 목표를 달성한 뒤, 퇴고, 투고, 출간까지 무난히 진행되어 내가 바라던 인생 첫 책을 나의 품에 안는 상상을 매일 같이 했다. 잠들기 직전,

불을 끈 상태에서 막 출간된 책을 들고 기뻐하는 나의 모습을 떠올렸다. 나중에는 이 상상이 현실처럼 느껴질 정도가 되었다. 그렇게 나는 결국 2개월 만에 초고를 완성하여 퇴고까지 마무리했고, 출판사와의 계약에 성공하여 《하루 한 권 독서법》을 출간하게 되었다. 나는 지금도 책 쓰기라는 소망을 달성하고픈 나의 상상이 나를 작가로 만들었다고 생각한다.

상상에는 두 가지 대표적인 방법이 있다. 내가 가장 바라는 것을 문장으로 만들어 상상하는 것과 영상으로 만들어 상상하는 방법이다.

내 인생 첫 책 쓰기를 예로 들어 보자.

먼저 문장을 이용한 방법에서는 먼저 목표를 명확하게 문장으로 기록한다. "갓 제작된 내 인생 첫 책을 손에 들고 있다." 간단하게 한 줄로 기록한다. 시제는 완료형으로 적는다. 이렇게 작성한 문장은 프린트해서 눈에 잘 보이는 곳에 붙여두고, 수시로 눈으로 볼 수 있도록 하면 좋다. 책상 앞에도, 거실에도, 현관 앞에도, 한 권의 책이 현실이 될 때까지 붙여둔다.

한편 영상을 이용한 방법은 저자 강연회에 출석한 자신의 모습을 촬영한다고 생각하고 1분 정도 영상으로 만든다. 필요한 문구와 영상의 장면은 자신이 가장 바라는 것들로 구성하면 된다. 이렇게 만들어진 영상은 주로 잠들기 직전에 떠올리면 좋다.

나는 아들에게 상상의 힘에 대해서 종종 이야기해 주었다. 아들은 나의 이야기를 마음에 담아 둔 후 잠들기 직전 미래에 자신이 되고 싶고, 하고 싶은 것을 상상하며 잠을 청한다고 한다. 어떨 때는 상상하다 보면, 새벽 늦게까지 잠들지 않고 상상에 집중할 때도 있다고 한다. 물론 이렇게 되면 그 다음 날 일과에 문제가 생긴다. 그러므로 원하는 것에 대한 상상 장면은 한두 가지 정도로만 하고, 그것을 집중적으로 반복 상상하는 것이 좋다. 그래서 아이에게도 여러 장면을 다양하게 상상하지 말고 아이가 가장 원하는 한두 장면만 집중하라고 이야기했다.

이렇게 문장이나 영상의 장면을 하나, 둘로 국한하는 데는 이유가 있다. 지치지 않고 오랫동안 상상하기 위해서이다. 근무를 서다가도 잠시 머리를 식히는 순간이나 화장실에 앉아 있는 동안에도 소망을 달성하는 장면을 머리에 떠올릴 수 있다. 문장도 짧은 것이 좋다. 짤막한 한 문장이라면 보이는 대로 읽고 지나갈 수 있고, 짧으니 수시로 읽을 수 있다.

상상은 마음에 있는 것과 현실의 것을 연결하는 하나의 매개체가 된다. 상상하지 않으면 마음속의 염원은 현실로 드러나는 데 많은 시간이 걸리거나 드러나지 않을 수 있다. 하지만 마음속 잠재의식에 내가 원하는 바를 심어두는 것은 매우 중요하다.

이성과 감각에 충실하면 꿈에 소홀해진다

어젯밤 오랜만에 보고 싶은 책을 잡았다. 책은 미리 온라인으로 주문을 해서 받아 두었다. 김범주 작가의《나는 공부대신 논어를 읽었다》. 현재 김범주 작가는 캐나다 명문 토론토 대학에 합격한 상태라고 한다.

중학교 1학년 때, 아버지의 권유로 독서모임에 참석하게 되었고, 그 독서모임에서 책도 읽고 발표도 하면서 책 읽는 재미를 느끼게 되었다. 그리고 아버지가 이끄는 모임에서 논어 필사도 하게 되었다. 그렇게 필사로 논어의 재미를 느끼던 차에 미국에 가서 공부하고 싶은 열망 또한 있어, 결국 부모님을 설득해서 미국에 교환학생으로 가게 되었다. 그때가 중학교 3학년. 미국에서도 논어 필사가 마음의 중심을 잡는 데 많은 도움이 되었고, 성실히 고등학교 과정을 마치고 캐나다 명문대학을 입학하게 되었다는 이야기이다.

놀라운 부분은 김범주 작가가 독서모임을 참석할 때가 중학교 1학년생이었다는 것이다. 그 독서모임은 주로 어른들로 구성되어 있었다. 어찌어찌 해서 아빠의 권유로 독서모임에 갔더라도 어른들만 있는 것을 봤다면, 보통아이라면 그다음에는 가지 않으려 할 것이다. 하지만 김범주 작가는 꾸준히 독서모임에 참석했고, 나중에는 부모님이 없이 혼자서도 참석하는 열성파가 되었다. 또 김범주 작가의 특별한 부분이라면 자신이 하고 싶은 것에 대한 열정이 강했다는 것이다.

그당시 작가는 학교 성적이 별로 좋지 못해 자존감과 자신감이 낮았지만, 현실에 주눅들지 않고, 꿈을 향해 미국 행을 준비하고 과감히 미국 유학길에 올랐다. 성적이 나쁘다는 현실에 좌절하고 현실의 늪에 자신을 방치했다면 지금의 꿈은 실현되지 않았을 것이다.

나도 이와 비슷한 경험이 있다. 책 쓰기가 바로 그것이었는데, 인생 첫 책 쓰기를 할 당시 나는 책을 쓸 만한 상황이 아니었다. 내가 책을 쓸 수 없다고 생각한 이유는 몇 가지가 있다.

첫째, 나는 지금까지 글이라고는 거의 써보지 않았다.

나는 글이라는 것을 써 본 기억이 별로 없다. 특히 다른 사람들에게 읽혀질 글이라면 더욱 그럴 기회가 없었다. 짧은 메시지를 주고받는 것은 꼭 필요한 일이기에 할 수 있었지만, A4용지 두 장의 글을 쓰는 일은 굳이 해야 할 이유도 없었고, 할 수 있다고 생각해보지도 않았다. 써 보지 않았던 만큼이나, 만약 써야 한다면 아주 생소하고 너무나 어색한 일이 될 것이다.

둘째, 쓰는 것에 전혀 재능이 없다고 생각했다.

나는 쓰는 것에 재능이 없는 사람이라고 여기고 살아왔다. 사실 이것은 틀린 말이 아니다. 고등학생 때까지 교과서 외에는 책도 거의 읽지 않았다. 집안 환경이 그리 넉넉하지 않았기에 집에는 책이 별로 없었고, 지금처럼 도서관이 잘 되어 있어 언제든지 책을 빌려볼 수 있는 상황도 아니었다. 책에 관심도 그리 많지 않았고, 오로지 공부만 열심히 한다면 행복해질 것이라 믿고 살았다. 쓰는 것에 관심도 재능도 없는 내가 책 쓰기를 할 거라고는 도저히 생각할 수 없었다.

나는 지극히 현실주의자에 가깝다. 꿈을 쫓기 보다는 현실에 더욱 충실한 사람이었다. 지금 당장 눈앞에 해야 할 공부거리가 있었고, 부모님께서도 그 이상의 것을 바라지 않으셨다. 선생님이 내주신 숙제 잘하고, 학교 준비물 잘 챙겨 가면 그걸로 족했다. 지극히 이성적이고 합리적인 성향에 가까운 나는 스스로 정한 기준에 맞지 않는 것은 아예 시도조차 하려 하지 않았다. 이성적으로 판단해서 가능성이 있는 일들만 했다. 그러니 인생 첫 책 쓰기라는 것은 시도의 가치조차 없는 일이었을 것이다. 왜? 해 봤자, 실패할 거니까.

이렇게 매몰찬 현실주의자였던 나는 조금씩 꿈을 추구하게 되었고, 결국 그 꿈을 이루는 사람이 되었다. 그 변화에 가장 중요한 계기가 된 것이 바로 책이다. 책을 읽으면서 의식이 변화되기 시작했다. 이성적이고 감각적으로 받아들인 현실의 정보보다 꿈이 나의 삶에 더 큰 영향을 미쳤다. 누군가 이렇게 이야기했다.

"발은 현실에 두되, 머리는 꿈을 향해라."

이 말은 지극히 옳다. 발도 현실에 두고, 머리도 현실에 국한한다면 지금 삶에서 큰 변화를 일으킬 수 없을 것이다.

인생 첫 책 쓰기를 성공한 이후 나는 계속 읽고 쓰는 삶을 살고 있다. 삶이 책으로 만들어지고 있다. 삶이 책이 된다는 사실을 알고 있기 때문에 삶을 더욱 잘 살기 위해 노력한다. 그 누군가에게 동기부여가 되는 삶, 동기부여가 되는 책을 쓰기 위해 성실하고 도전하는 삶을 살게 된 것이다. 과거에는 현재에 국한되어 살았다면, 지금은 현재뿐만 아니라 미래의 삶을 설계하면서 살고 있다. 책 쓰기를 하면서 변화된 나의 모습 중 가장 반가운 것이 바로 이것이다.

비록 현실의 삶이 나를 힘들게 하지만, 이것을 극복할 방법들을 찾고 실천함으로써 미래에 설정한 그 목표를 향해 나아가는 자신의 모습을 책으로 쓰게 된다. 책을 읽고 책을 쓰지 않았다면, 미래지향적 삶, 꿈을 향해 거침 없이 나아가는 삶이 성립되지 않았을 것이다.

부족한 현실만 생각하면 새로운 도전은 불가능하다. 사실 현실은 부족할 수밖에 없고, 또 그것이 나의 전부도 아니다. 사람들은 간혹 현실에 주어진 능력만큼 살아야 한다고 착각하고는 한다. 이성적으로만 판단한다면 "네 주제를 알아야지. 왜 힘들게 살려고 하니?"라는 마음의 소리에 설득당하기 쉽다. 어떻게 보면 그것 또한 나 자신의 모습인 것도 사실이다. 그렇기 때문에 잠시 현실의 것들, 감각을 통해 전달되는 현실의 부정적 정보들에 대해 눈을 감을 필요가 있다.

현실에서 너무 완벽하게 살려는 사람들, 직장에서나 가정에서나 완벽의 아이콘이 되어 모든 것을 잘하는 사람들이야말로 오히려 꿈을 꾸고 꿈을 향해 나아가는 삶에 취약할 수 있다. 현실에서 발생하는 각양각색의 문제들을 완벽하게 처리하고 해결하다 보니, 정작 꿈을 꿀 에너지가 남아 있지 않게 된다. 집 안에 먼지 하나 잡티 하나 허락하지 않는 엄마들, 그런 엄마들은 현실에 충실한 만큼 자신의 꿈을 소망할 여유도, 시간도, 에너지도 부족하다. 마찬가지로 학생들 중에는 공부는 아주 잘하지만, 자신이 공부를 왜 해야 하는지, 자신이 가장 하고 싶은 것이 무엇인지 생각하지 않고 살아가는 친구들이 있다. 무조건 공부만 하는 것, 일단 높은 점수부터 받아놓는 것, 오로지 그것이 최상의 목표이다.

이성과 감각에 충실하면 꿈에 소홀해지기 마련이다. 나는 지극히 이성적으로 살아왔다. 감각을 통해 흘러들어오는 정보들에 민감하게 반응하면서 지내왔다. 현실의 수많은 정보들을 처리하는 데 가지고 있는 내외적 자원들을 아낌없이 소비했다. 현실적으로 보면 완벽을 지향하는 삶처럼 보였겠지만, 나의 삶은 현실에서 벗어나지 못했고, 결국 어제와 같은 오늘만 존재하는 삶이었다.

책을 읽고, 책을 쓰면서 나의 삶에 중요한 한 가지가 빠졌다는 것을 깨닫게 되었다. 그것은 바로 꿈이었다. 그래서 과거의 나와 함께 현재를 살아가는 분들께 말씀드리고 싶다. 이성적으로 판단하고 감각적으로 받아들인 자료를 바탕으로 살아가게 되더라도 반드시 꿈을 가지라고. 그 꿈을 소홀히 대하지 말고 삶의 중심에 소중한 꿈을 두라고 말이다.

소중한 꿈들이 이성과 감각에 의해 외면당하지 않기를 바란다.

소망을 항상 마음에 품어라

친정집에 와 있다. 엄마 생신도 다가오고 해서 아이들의 방학이 시작됨과 동시에 지방으로 내려왔다. 엄마는 자식들 시집, 장가 다 보내 놓고 아이들을 키워 낸 그곳에서 홀로 살고 계신다. 자식들이 모시겠다고 해도 혼자 지내시기를 고집하셨다.

엄마는 적지 않은 연세에 혼자 사시지만 나름 행복하게 잘 사신다. 텃밭에 고추며 상추, 각종 야채들을 키우면서 아침마다 물을 주시며 행복해 하시고, 키운 각종 유기농 먹거리를 자식들에게 나누어주시면서 또 보람을 느끼신다. 그런 엄마가 팬데믹 상황으로 인해 그나마 친구분들을 만날 수 있던 경로당에도 못가시고 집안에만 계시면서 답답해 하신다. 혼자 있으니 우울감도 느끼시는 듯하다. 그래서 친정집에 온 지 열흘이나 지났지만 조금 더 머물기로 했다.

아들은 할머니 집에 있는 동안에도 게임에 대한 욕심은 여전하다. 게임은 토요일, 일요일에만 각각 1시간씩 하는 것으로 아들과 함께 규칙을 정했다. 평일에는 온라인 수업을 해야 하니 주말에만 그렇게 하는 것으로 한 것이다. 지금은 방학이라 온라인 수업도 없고, 별다른 할일도 없는 할머니집이고 해서, 게임 중 덜 유해하다고 생각되는 '집 짓는 게임'을 평일에도 1시간씩 할 수 있도록 허락해주었다. 1시간 동안의 게임. 아이 입장에서 쏜살같이 지나가는 시간이다. 틈만 나면 게임에 빠져든다. 엄마가 누군가와 전화 통화를 한다거나 집중해서 무슨 작업을 할 때 아이의 입장에서 절호의 기회가 된다. 비록 부모가 싫어하는 일일지라도 아이의 마음에 꽉 들어찬 그것이 아이의 관심과 행동을 유발하고 있다. 그것은 게임이 아니라 열망도 마찬가지일 것이다. 부정적인 일이든 긍정적인 일이든, 그 어떤 일이든, 마음을 가득 채운 그것이 우리의 관심과 행동의 원동력이 된다.

나는 친정집에 있는 동안에도 책 쓰기를 꾸준히 하려고 마음 먹었다. 매일 한 꼭지 쓰기를 목표로 하다 보니, 쓰지 않은 날은 기분이 이상해진다. 살다보면 참 변수들이 많다. 그 변수들을 핑계로 할일을 내일로 미루게 된다. 장소가 바뀌니 글을 쓰고 책을 쓰는 일이 더욱 쉽지 않다.

구체적인 이유는 다음과 같다.

첫째로, 쓰는 장소가 마땅치 않다. 집에서는 그래도 나름 글 쓰는 장소가 정해져 있다. 하지만 이곳은 나의 공간이 아니기에 나만의 글 쓰는 공간이 있을 리가 없다.

둘째로, 혼자만의 시간을 갖기 어렵다. 친정집이다 보니 엄마와 함께하는 시간은 늘고 혼자만의 시간이 줄어들었다. 쓰는 시간은 주로 새벽 시간인데, 생활 패턴이 바뀌면서 새벽에 일어나기가 어렵다.

셋째로, 글쓰는 환경을 새롭게 세팅하는 데 노력이 필요하다. 친정에서 열흘 이상 머무르면서 찾아낸 공간은 바로 부엌의 식탁이다. 다행스러운 것은 부엌과 거실 사이에 문이 있다. 지금도 아이들은 TV를 보고 엄마가 잠시 쉬고 계시는 중에 나는 이 글을 쓰고 있다. TV 소리가 좁은 문틈으로 들려와서 나의 인내력을 시험하고 있다.

하지만 1일 1꼭지 쓰기 목표 달성을 유지하려고 노력하니, 1꼭지까지는 아니지만, 그래도 여러 꼭지의 글을 쓸 수 있었다. 글쓰는 환경은 비록 열악하지만 쓰려는 마음에 부정적인 영향을 주지 못한 듯 싶다. 이렇게 환경은 내 마음 먹은 대로 변화할 수 있다.

소망을 마음에 품는 것도 다를 바 없다. 그 소망이 당장은 너무 크게 느껴져 불가능하다 생각되겠지만, 항상 마음에 품게 된다면 어느 날 나의 현실이 될 것이다. 세상의 모든 창조물은 인간의 내면에서부터 시작된다. 초현실적인 영화의 한 장면이 미래 우리의 모습이 될 수 있는 것처럼, 인간의 상상력으로 만들어진 그것들이 우리의 현실이 되었고, 앞으로도 계속 구현될 것이다. 개인의 삶도 마찬가지이다. 소망은 일단 마음에 가득 차야 현실이 된다. 소망을 마음에 가득 품지 않는다면, 시간이 흘러도 아무 일도 일어나지 않는다.

항상 우리의 마음속에 품은 소망이 현실이 될 수밖에 없는 이유에 대해 나는 이렇게 생각한다.

첫째, 소망한다면 더 자주 생각하게 된다.

가장 많이 생각하는 것이 나의 미래가 된다. 많이 생각한다는 것은 가장 좋아하는 것, 하고 싶은 것, 되고 싶은 것이기 때문이다. 나의 마음을 끄는 그 일들이 평생을 투자해서, 또 나의 모든 에너지를 투자해서 해야 할 일들이다. 자나 깨나 그 소망은 나와 함께하고 있다. 소망으로 정해지기 전부터 나는 그것을 생각해 왔고, 소망으로 정하고 마음에 간직한 후에도 끊임없이 생각한다. 간절히 바라는 것이 있다면 잠들기 전에 자연스럽게 생각난다. 자면서도 생각하게 된다. 생각하는 것이 현실이 되는 것은 시간 문제일 뿐이다.

둘째, 무의식 중에라도 꿈을 이룰 방법을 모색한다.

소망을 이루기 위해 끊임없이 생각하고 그 방법을 계속 연구한다. 어떻게 하면 소망을 이룰 수 있을 것인가 자꾸 생각하게 된다. 자면서도 달성 방법을 고민한다. 이것은 지극히 자연스러운 일이다. 그리고 소망이 현실이 되었을 때를 상상한다. 상상하는 것만도 기쁨과 행복감을 느낄 수 있다. 그리고 이렇게 달성된 상태를 계속 느끼고 상상하는 자체가 소망이 현실로 더 빨리 태어나게 하는 과정이다.

셋째, 소망을 달성하기 위해 필요한 행동을 하게 된다.

양동이의 물이 차면 넘쳐 흐르게 마련이다. 이것이 당연한 이치다. 마음을 가득 채운 소망, 그것은 곧 행동으로 드러나게 된다. 소망을 향한 행동이 반복될수록, 소망을 달성하기 위한 행동으로 이어진다. 마음에 가득 찬 소망은 행동으로 넘쳐나고, 그 소망이 현실이 된다.

소망을 마음에 품는 것만으로도 행동과 생활이 변화한다. '1일 1꼭지 쓰기'를 목표로 삼은 나는 그 목표를 달성하기 위해 환경을 새롭게 세팅한다. 마음이 나를 바꾸고 주변 사람을 바꾸며 나의 환경을 바꾼다. 그 소망을 향해 나의 행동과 생활 패턴이 자연스럽게 변화한다.

지금 바로 소망 한 가지를 정해보자. 마음에 소망을 품는 것만으로 내 삶이 변화하는데, 누군들 소망을 품지 않을까. 내 삶을 송두리째 바꿀 기가 막힌 소망을 마음에 품어 보자. 마음에 꾸준히 품고 있는 그 소망, 반드시 당신의 삶이 된다.

결과에 서서 시작하라

매일 원고를 쓰는 나는 이 원고가 책이 될 것임을 의심하지 않는다. 내가 글을 잘 써서가 아니다. 나는 그냥 평범한 사람이다. 나는 지금도 필력 있는 사람을 볼 때면, '정말 타고난 사람이야!'하며 부러워하곤 한다. 그러면서도 나는 계속 쓴다. 그리고 책을 계속해서 출간한다. 3년 동안 출간한 권 수는 현재 7권 정도 된다.

누군가 "어떻게 1년에 1권 출간하기도 힘든데, 1년에 3권씩 쓸 수가 있느냐?"고 묻는다. 나는 명확하게 말할 수 있다. 책 쓰기는 필력 있는 사람만 하는 것이 아니다. 자신만의 스토리와 노하우를 가지고 있고, 하고 싶은 말을 쓸 의지가 있으면 누구나 가능하다. 이처럼 나의 책 쓰기는 인생 첫 책 쓰기를 할 때와는 다르다.

인생 첫 책을 쓸 때는 모든 것이 명확하지 않았다. 쓰고 있는 이 원고가 정말 책이 될 수 있을지, 또한 내가 작가가 될 수 있을지, 모든 것이 불확실했다. 열심히 글을 쓰면서도 마음 깊은 곳에서 일어나는 의구심은 어쩔 수 없었다. 하지만 지금은 그런 의구심 따위는 없다. 이미 지금 쓰고 있는 이 원고의 끝을 보고 있기 때문이다. 내가 글을 쓰는 대상이 되는 독자들에게 조금이라도 도움이 될 수 있도록 최선을 다하는 만큼, 타깃이 되는 독자들에게는 분명히 필요한 내용의 책이 될 것이다. 그리고 이 원고가 책이 되어 있는 모습을 그려본다. 그 누군가에게는 감동의 책이고, 나 스스로에게는 행복한 결과물이 되는 결말을 미리 생각하면서 책을 쓰고 있다.

지금 쓰고 있는 이 원고는 나에게 가장 큰 영향을 준 네빌 고다드의 철학을 독자들에게 알려주기 위함이다. 네빌 고다드는 늘 의식의 중요성을 강조했다. 우리의 의식이 곧 현실이 된다는 메시지를 반복해서 이야기하고 있다. 의식의 힘은 매우 크다. 이것은 지나온 나의 경험을 돌이켜 보아도 쉽게 이해할 수 있다. 살아오면서 겪은 굵직한 시련과 어려움의 시간들을 지나올 때마다 마음을 다잡고 최선을 다해 살아왔다. 그 결과로 오늘의 시간을 맞을 수 있었다. 소중한 가정과 아이들, 나의 일, 그 모든 것들이 스스로 의식을 강하게 만들지 않았다면 얻지 못했을지 모른다.

무엇보다 내게는 지향하는 최종 목적지인 꿈을 상상하는 힘이 있었다. 내가 바라는 그 꿈의 종착지를 나의 마음에 미리 새겨놓을 수 있었기에 힘든 시간들을 무난히 건너서 그 목표하는 끝에 도착할 수 있었다. 그리고 이렇게 누군가에게 전할 메시지를 쓰고 있다.

"결과에 서서 시작하라."는 문구를 생각하면, 나는 필리핀 세부 살이가 생각난다. 나는 필리핀 세부를 가기 전, 세부 살이를 결심하고 아무 정보도 없지만 마음속으로 다음과 같은 목표를 명확하게 정했다.

> "지금으로부터 두 달 뒤, 나는 필리핀 세부 빌리지에서 글을 쓰고 있다."

그리고 상상했다. 아이들을 학교를 보내고, 거실 정리를 하고 난 뒤, 식탁에 앉아서 글을 쓴다. 미리 짜 놓은 목차를 보면서, 오늘 쓸 꼭지의 제목을 확인하고 글감을 찾아 구상한다.

필리핀 세부는 이미 견학을 다녀왔다. 아는 엄마와 함께, 각각 아이 둘씩을 데리고, 총 6명이 2박 3일의 짧은 일정으로 세부 빌리지와 학교를 찾았다. 아이들은 빌리지가 2층이란 점에 환호했다. 특히 아들은 1층과 2층을 오르내리면서 "엄마, 나 이 집에 살고 싶어."라고 이야기했다. 나는 빌리지 바로 옆에 학교가 있다는 사실이 마음에 들었다. 굳이 차로 픽업하지 않아도 집에서 나와 걸어서 바로 옆에 있는 학교를 갈 수 있어 좋았다.

우리는 세부에 있는 학교도 견학했는데, 한국처럼 시설이 아주 좋지는 않았지만 한국 시골 학교 같은 정감이 느껴지는 곳이었다. 큰 강당도 있고, 매점도 2~3군데 있어서 음식을 사먹는 아이들을 보니 우리 아이들처럼 느껴졌다. 이렇게 견학한 필리핀 빌리지와 학교의 영상은 수시로 나의 머리에서 재생되었다. 아마도 한 번 보았기 때문에 더욱 생생하게 기록된 듯하다.

하지만 문제가 있었다. 필리핀을 어떻게 가야할지를 모른다는 것이다. 마음 같아서는 벌써 필리핀 세부에서 살고 있지만, 현실적으로는 계속 벽에 부딪혔다. 하지만 시간이 지나 세부에서의 생활을 더욱 간절히 상상할수록 현실을 타개할 아이디어가 생겼다. 우선적으로 알아본 것이 바로 유학원이다. 유학원 여러 곳을 전화로 문의를 해보니, 비용 측면에서 내가 감당할 범위를 넘어섰다. 최소 1년 이상은 세부 살이를 해야겠다고 생각한 터라, 유학원을 통한 세부 살이는 엄두가 나지 않았다. 이제 어떻게 하지? 아는 사람이 있는 것도 아니고 직접 연결할 영어 실력도 되지 않고, 아주 더 막막해졌다.

그렇게 며칠이 지나고, 한 가지 생각이 불현듯 떠올랐다. 견학을 갔던 집에 이미 살고 있던 한국인 엄마 A씨에게 연락을 해보면 안 될까? 그런데 어떻게 연락을 하지? 왜냐하면 A씨는 내가 직접적으로 알고 있는 사람이 아니었다. 견학에 동행했던 엄마도 직접 알고 있는 사람이 아니었고, 함께 모임하는 친구의 동생이었을 뿐이다. 지푸라기라도 잡는 심정으로 견학을 함께 갔던 엄마에게 물어보았다.

"필리핀 세부 살이, 내가 하려고 하는데, 견학 갔던 집의 A씨와 연락할 수 있을까?"

흔쾌히 연락해 보겠다는 답이 돌아왔다. 그렇게 해서 필리핀 현지의 A씨와 연락이 되었다. 조심스럽게 질문을 했는데, 역시 흔쾌히 빌리지에 빈 집이 나오면 연락을 주겠다고 했다. 참 고마운 사람이다. 한편으로 지금 이런 생각도 든다. 필리핀 세부 살이를 미리부터 상상하고 있는 나의 의식에서는 이미 긍정 에너지가 발산되고 있지 않았을까. 그래서 조심스러운 말투 속에서도 강한 결심을 어필하지 않았을까. 물론 운이 좋아서 친절한 사람들을 만났겠지만, 그래도 나의 강한 결심을 그들이 알아봐 주었기 때문이란 생각이 강하게 든다.

네빌 고다드는 마음에서 미리 만든 나의 상상은 주변을 바꾸고, 우리가 알지 못하는 방법으로 그것을 현실로 만든다고 했다. 이 말에도 적극적으로 공감한다. 어찌 됐든 그렇게 해서 나의 세부 살이는 생각보다는 쉽게 나의 의지대로 이루어졌다.

이처럼 결과에 서서 시작하면, 우리 자신이 먼저 변화된다. 어떤 일을 하고자 할 때, '이 일만은 꼭 하고 싶다'면 결과에 서서 이미 그것을 이룬 나의 모습과 장면을 생각하자. 이렇게 하면 실제로 이루어낸 듯한 느낌을 가질 수 있다. 그 느낌만으로도 목표 달성을 향한 힘이 강해진다.

세부의 한 빌리지에서 아이가 아침을 먹고 가방을 끌고 학교로 가는 장면, 마당으로 나와 아이를 향해 손을 흔들고, 아이들은 뒤돌아보면서 역시 손을 흔드는 장면, 빌리지에서 열심히 글을 쓰는 자신의 모습, 이런 영상들이 그것을 달성하고자 하는 열망을 더욱 강하게 하는 것이다. 강한 열망 속에서 방법들이 하나둘씩 보인다. 간절함만이 더 많은 방법들을 모색하게 한다. 목표를 성취할 방법들이 하나 둘, 나의 머리를 채우게 되는 것이다. 의지 또한 더욱 강해진다.

소중한 꿈, 간절한 목표일수록 결과에 서서 시작해야 한다. 결과를 상상하는 것만으로도 나와 환경이 변화된다는 사실을 우리는 받아들여야 한다. 마음으로, 의식으로 이미 그 결과가 달성되었다고 상상하고, 그 행복한 느낌을 현실로 바꾸어 행복하게 행동하고 살아가는 것이다. 결과에서 시작함으로써 당장 보이지 않던 현실적인 방법들도 찾게 된다. 내 마음에 이미 들어선 결과가 실제로 우리를 그 결과 가운데 있게 만들 것이다.

조급해 하지 말고 인내하라

"바라던 것은 이미 이루어졌습니다. 단지 조급해 하지 마세요. 여러분에게 정말 필요한 한 가지를 꼽으라면 그것은 인내입니다." (네빌 고다드)

내가 바라는 그것은 눈에 보이지 않지만, 우리의 바람대로 이미 이루어졌다는 의미이다. 이것이 믿기지 않지만, 사실임을 믿어야 한다. 왜냐하면 이런 마음가짐이 우리가 바라는 목표를 실제로 달성되도록 하기 때문이다. 이미 내가 바라는 것이 이루어졌다는 것을 믿는다면, 마음을 담대히 먹을 수 있다. 현재 힘든 것이 있더라도 조급해 하지 않고 꾸준히 할 수 있다. 언젠가는 그것이 나의 바람대로 이루어질 것이라 생각하기 때문이다. 마음에 바라는 그것이 이미 달성되었음을 믿고 인내하며 계속 나아가는 것이다.

어느날 '급히 도움 요청'이란 인스타그램 글을 보게 되었다. 인천 계양구에 있는 개 농장의 견사 바닥에 비가 들이쳐 바닥이 철퍽거리고 개들이 추위에 병이라도 걸릴까 염려되니 도와달라는 글이었다. 인천 계양구 개 농장에 있는 대형견의 이야기는 가끔씩 인스타그램을 통해서 접하고 있었다. 개 농장의 원주인이 돈을 받고 개들을 포기하게 되었고, 그 개들을 동물 애호가들이 구조하는 과정 중에 있다. 산 넘어 산이라고 땅주인인 대형 몰의 소유자는 자신들의 땅에서 개들이 떠나기를 바라고 있으며, 관할 관공서에서는 달리 대안도 없고, 도움도 줄 수 없는 상황이라고 한다. 일부 개들은 구조되어 임시보호소나 국내·해외로 입양을 갔고, 일부 개들은 아직 계양산에 남아있다. 하지만 그 남아 있는 아이들의 수가 만만치 않다. 아직도 160마리 정도가 임시 견사에서 지내고 있었다.

급할 때 도움이라도 되어야겠다고 생각한 나는 주소를 확인했다. 네비게이션을 켜고 집에서 출발, 네비게이션상 25분 정도 걸린다고 하니, 그리 먼 거리는 아니다. 가는 도중에 날은 어둑어둑해졌다. 산 입구로 갔지만, 개 짖는 소리 하나 들리지 않고 너무나 조용했다. 급하게 아는 사람을 통해서 담당자의 연락처를 수소문해 통화를 하게 되었다. 도착해서 보니, 불빛도 없는 임시 견사에서 사람들이 개들에게 밥과 물을 챙겨주고 있었다. 문제는 견사에 출입구가 없다는 것. 원래 있던 견사가 철거되는 바람에 급하게 임시 견사를 지었는데, 형편상 출입문을 만들지는 못한 듯 했다. 좁은 철망 사이로 손을 넣어 밥그릇을 헹구고 물을 주었다. 사료는 아마도 사다리를 타고 올라가 위에서 넣어주는 것 같다. 물과 밥을 주는 것도 쉽지 않았지만, 문제는 바닥이다. 비 온 뒤 날씨도 추워졌는데, 바닥은 물로 질퍽거린다. 나는 바닥에 짚을 까는 일을 도왔다. 스마트폰 플래시를 켜서 주변을 한 번 확인하고 짚이 있는 곳으로 가서 짚을 가슴 가득 안고 와서 견사 위쪽을 통해 던져 넣어주었다. 짚을 한 단 가져오면, 견사 두 개 정도는 채울 수 있었다. 개들이 몸을 누이는 곳인 견사 제일 뒤쪽 구석진 곳에만 짚을 채워주었다.

그 와중에도 꼬리를 흔드는 개들이 있는가 하면, 새로 받은 지푸라기에 코를 박고 냄새를 맡으며 좋아하는 개들도 있고, 펄쩍 뛰어올라 한 번 만져달라는 개들도 있다. 덩치는 컸지만 하나같이 선한 눈빛, 착한 순둥이들이었다.

작업을 마친 후 간단히 인사를 나누고 헤어졌다. 대략 열 분 정도가 계셨는데, 남자 분들이 세 분 정도 보이고 대부분 여자 분들이었다. 연령대도 다양했는데, 나와 비슷한 또래의 분들도 보인다. 그들을 보니 대단하다는 생각이 들었다. 어떻게 160마리의 대형견들을, 아니 처음 구조했을 때는 개들이 더 많았겠다. 그 많은 대형견을 살리겠다고 그리 오랫동안 싸워올 수 있는지 정말 존경스러웠다. 어두워서 얼굴 하나하나 자세히 볼 수는 없었지만, 서로 간에 어려움을 함께 헤쳐 나가는 동지애 같은 것도 느껴졌다.

지금 당장도 힘든 상황에서, 큰 그림을 그려놓고 문제들을 묵묵히 헤쳐가면서 나아가고 있다. 물론 하루 아침에 이루어지는 일은 없다. 특히 계란으로 바위치기 같은 싸움은 더욱 그렇다. 거대회사, 그리고 관공서에 맞서 주눅들지 않고, 생명의 소중함을 지키기 위해 싸우고 견디며 인내하고 있다. 다들 조급해 하지 않는다. 조급해서 해결될 문제가 아니라는 것을 잘 알고 있기 때문이다. 성급하면 스스로 지쳐 나가떨어질 수 있다. 그리 된다면 아이들의 생명은 누가 구하겠는가? 인천 계양 개 농장의 대형견을 모두 구조한다는 간절한 소망과 바람으로 이들은 오늘도 산적한 문제들을 해결하며 인내하면서 완전 구조를 위해 애쓰고 있다.

집에 오는 도중 갑자기 무릎이 아파왔다. 어두운 곳에서 정신없이 짐단을 나르고 채우고 하다 보니 무릎에 무리가 간 모양이다. 한 번도 무릎이 아픈 적이 없었는데, 연식이 오래된 자동차가 예상할 수 없는 문제들을 일으키듯 내 몸이 요즘 그런 것 같다.

어쨌든 전면적으로 나서지는 못하더라도 급한 일이 있을 때만이라도 꾸준히 도와야겠다는 생각이 든다. 그들처럼 조급해하지 않고 함께 인내하면서 말이다. 대형견들의 전원 구조를 간절히 기원한다.

내가 인생 첫 책 쓰기에 성공했듯이 인생 첫 책 쓰기를 하는 사람을 도와줄 계획을 가지고 있다. 그것을 업으로 삼고 싶은 마음도 있다. 인생 첫 책 쓰기만큼 삶을 바꾸는 것이 없음을 체험한 후에, 다른 사람들의 첫 책 쓰기에 동기를 부여하고 성공할 수 있도록 돕는 일의 중요성을 느끼게 되었다.

현재 그 노력의 일환으로 진행하고 있는 것이 바로 '매일 1꼭지 쓰기'이다. 누군가를 가르치기 위해서는 내가 먼저 그 일을 잘 할 수 있어야 한다. 잘하고 싶은 것이 있다면 매일 반복해서 하면 된다고 아이들에게 가르친 대로 나 또한 지금보다 더 잘 쓰기 위해 매일 실천한다. 네빌 고다드의 말처럼 내가 하고자 하는 그 일이 이미 내 안에 있다고 생각하니, 즐기면서 여유롭게 매일 1꼭지 쓰기를 할 수 있다. 내가 바라는 그것은 때가 되면 현실로 드러날 것이다. 그 날이 올 때까지 다음의 문제들을 인내하며 기다리면 된다.

하지만 꾸준히 인내하면서 실천하기란 여간해서는 쉽지 않은 일이다. 그 이유를 몇 가지 들면 다음과 같다.

첫째, 지루해서

매일 하다 보면 가장 쉽게 생기는 감정은 바로 지루함이다. 아이들은 내가 정한 분량의 공부를 매일같이 하고 있다. 영어, 수학, 국어, 3과목인데, 몹시도 하기 싫어한다. 양으로 따지면 전체 다 해도 30분 정도면 끝날 수 있는 분량이다. 하지만 아이들은 어떤 핑계를 대서라도 하루라도 건너뛰려고 노력한다. 그럴 때일수록 더욱 건너뛰면 안 된다. 고비를 넘겨야 한 단계 업그레이드되는 법. 양을 조금 줄여준다. 하지만 영어, 수학, 국어 중 하나라도 빠트리는 것은 허락하지 않는다. 가장 지루할 때일수록 하던 그 일을 중단하면 안 된다. 지루함을 극복하고 이겨낼 때, 가장 큰 성장이 일어나는 법이다.

둘째, 힘들어서

우리가 쉽게 포기하는 이유 중 하나는 지금 너무 힘들다고 생각하기 때문이다. 하지만 중요한 사실은 지금의 힘듦이 계속되지 않는다는 것이다. 인내한 만큼 그 일은 쉬워지고, 쉬워질수록 원하는 목표가 현실로 드러날 시간이 가까워진다.

셋째, 재미없어서

요즘 아이들은 재미를 추구한다. 무엇이든지 재미있지 않다면 잠시도 앉아 있지를 못한다. 영상을 보면서 빠르게 움직이는 화면에 아이들의 정신이 빠져든다. 해야 할 숙제도, 해야 할 공부도 뒷전이다. 재미도 있으면서 아이들의 성장에도 도움이 되는 것이라면 얼마나 좋을까?, 비록 재미는 덜 하지만 성장에 도움이 되는 것들이 많다. 그러므로 재미없다고 외면하면 안 된다. 얼마 전부터 나는 아이들에게 논어 필사를 시켰다. 동기부여를 위해 논어 한 문단 필사하면 500원을 주기로 했다. 책 앞에 칸을 만들어 날짜별로 체크할 수 있게 했다. 아이들은 일단은 잘 시작했다. 재미없더라도 계속 밀고 나가 주길 바란다.

넷째, 아무도 몰라줘서

알아주는 사람이 아무도 없더라도 꾸준히 인내하며 해 나가야 한다. 이것만은 꼭 이루고 말겠다는 결심이 섰다면 조급해 하지 말고 우직하게 밀고 나가야 한다. 소망을 이루는 일은 단거리 달리기가 아니라 마라톤과 같은 장거리 경기이다. 만약 마라톤 선수가 100미터 달리기 선수처럼 초반에만 열과 성을 다한다면 당연히 얼마 못 달리고 주저앉게 될 것이다. 조급해 하지 말고 누가 알아주든 말든 나의 페이스를 찾아 꾸준히 해나가면 된다.

바라는 것이 내 마음속에 이미 달성되어 있기 때문에 그것을 현실로 끄집어내기만 하면 되므로, 조급해 하지 말고 인내하면서 목표를 이루기 위해 필요한 활동을 꾸준히 진행하면 된다. 불쌍한 대형견들을 위해서라면 모든 대형견들이 구조되는 그날까지 뜻이 맞는 사람들과 함께하면 된다. 부자가 되기를 바란다면 부자가 된 사람들의 사고와 행동 양식을 배우고 따라 하려고 노력하면 된다. 공부를 잘하고 싶다면 공부 잘하는 아이들의 행동과 마인드를 관찰하고, 그 아이들처럼 하면 될 것이다. 그러면서 네빌 고다드의 말처럼 이미 달성되었다는 생각을 바탕으로 마음속에 긍정적인 마인드를 지니고 있으면 된다. 내 안에 이미 이루어져 있는 소망은 조급함 없이 꾸준히 인내하는 밀고 나가는 과정을 통해서만 현실로 구현된다는 사실을 잊지 말자.

노력에 반비례하는 결과도 있다

"넓은 세상 속에서 사람들이 실패하는 단 한 가지 이유가 있다면, 그것은 현대의 심리학자들이 말하고 있는 '노력과 상반된 결과가 일어나는 법칙(the law of reverse effort)'을 모르기 때문이다."

노력에 반비례하는 결과라니, 참으로 황당하게 느껴진다. 하지만 노력은 그 어느 때 못지 않게 하는 데도 결과는 그것에 못 미치거나 오히려 가만히 있을 때보다 더 나쁜 결과를 가져오는 경우가 있다. 네빌 고다드는 이것이 바로 우리가 실패하는 이유라고 했다.

내 아이들은 현재 초등학생이다. 이제 곧 초등학교 고학년이 된다.

아이들에게는 좋은 습관도 있고 나쁘게 형성된 습관도 있다. 큰아이는 젓가락질이 서툴고, 작은아이는 밥을 먹을 때 이빨로 숟가락의 음식을 훑어서 먹는 버릇이 있다. 큰아이의 경우 면을 먹을 때 특히 불안정해 보인다. 젓가락과 손가락이 뒤엉켜 젓가락을 겨우 잡고 있는 것처럼 보이는 데다가 면을 먹을 때는 자꾸 흘러내리니, 손목을 한번 돌려서 입으로 가져가 먹는다. 저렇게 불편해서 어떻게 음식을 먹을까 싶기까지 하다. 물론 가장 불편한 것은 본인일 테지. 작은아이도 마찬가지이다. 밥을 먹을 때마다 이빨과 숟가락이 부딪히는 소리가 들린다. 가끔은 숟가락에 얹힌 밥풀이나 음식물이 떨어진다. 입술로 숟가락을 훑어먹으라 이야기해도 잠시 한두 번 듣는 척하다 다시 원래대로 돌아간다. 이런 습관들을 식사 때마다 보게 되니, 본의 아니게 또 잔소리를 하게 된다.

"수홍아, 젓가락질 잘해야지, 어른이 되어서도 젓가락질 잘 못하면, 왠지 어설픈 사람처럼 보일지 몰라. 외국인들도 요즘 젓가락질 잘해."

"정아야. 밥 먹을 때 이빨이 보이면서 소리가 나면 보기 좋지 않아. 음식물도 떨어지고 입술로 먹어야지."

아이들은 벌써 기분이 상했다. 나의 진심이 제대로 전달되지 못하고 아이들은 듣는 둥 마는 둥, 원래의 그 행동을 계속한다. 하루 세 번 이상, 매일 볼 때마다 강조하고 화도 내 보아도 쉽사리 고쳐지지 않는다. 노력을 하는데도 왜 변화가 없을까? 뭔가 다른 방법이 필요한 걸까?

나는 주로 아침에 글을 쓰려고 한다. 왜냐하면 아침에 글이 훨씬 잘 써지기 때문이다. 보통 1꼭지 글을 쓰는 데 최소 두 시간이 필요하다. 때로는 세 시간, 네 시간…. 써야 할 꼭지의 주제에 따라 천차만별이다. 하지만 아침에 글을 쓰면, 아이디어도 잘 떠오르고 서론 - 본론 - 결론으로 일관되게 정리되면서 글의 요지가 살아나는 느낌이다. 그러니 쓰고 나서도 기분이 좋다. 크게 노력하지 않아도 그것 이상의 만족감과 성취감을 볼 수 있는 것이 바로 아침 글쓰기가 아닐까 싶다.

"특정한 방향으로 억지로 노력을 기울이면, 원하는 결과를 얻지 못할 것입니다. 오히려 그 반대의 결과를 얻게 될 겁니다."

노력을 하더라도 제대로 된 방향을 잡는 것이 중요하다. 노력한 만큼 모든 것이 긍정적인 결과를 가져오는 것은 아니라는 사실을 미처 생각해 보지 못했다면 이번 기회에 마음에 간직해 두어야겠다. '억지로'라는 단어에서 뿜어져 나오는 거북하고 부자연스러운 느낌은 결국 부정적인 결과를 낳지 않을까.

원하는 결과를 가져오기 위해 어떻게 행동해야 할지 내가 느낀 것을 정리하면 다음과 같다.

첫째, 억지로 하는 것은 역효과가 난다.

억지로 해서 좋을 것이 없다는 것을 알고는 있지만 잘 잊어버린다. 그리고 아이의 일이라면 더욱 그러하다. 아이들도 마찬가지이다. 자신이 좋아하는 일들은 부모가 반대하더라도 어떡해서든지 하려 한다. 억지로 하는 것들이 좋은 결과를 가져오기보다 그 반대의 결과를 초래하는 경우가 많음을 항상 기억하자.

둘째, 원하는 결과물이 달성된 모습을 그려보자.

내가 소망하거나 꼭 이루기를 원하는 것들이 있다면, 달성된 모습을 자주 그려 보아야 한다. 달성된 모습을 자꾸 상상함으로써 의식은 그것을 쫓게 된다. 억지로 그것을 이루기 위해 노력하기보다는 이룩된 모습을 자꾸 보는 것이 오히려 효과적이다. 마음에 가득 찬 달성된 모습이 의식과 행동의 나침반이 된다.

셋째, 이루어진 미래의 모습에 의식을 둔다.

우리의 의식은 우리가 생각한 것들 위에 놓이게 된다. 바라는 모습을 그리면서 의식을 그곳에 두어야 조급한 마음을 달랠 수 있다. 여유로운 마음으로 그것을 향해 나아가다 보면 곧 현실로 드러나게 될 것이다.

넷째, 재촉하지 말고 그냥 달성된 모습을 받아들이자.

재촉하다 보면 실수를 하게 된다. 마음이 급하면 오히려 일을 그르칠 수 있다. 이런 경우 보통 마음이 앞선다고 한다. 마음은 항상 뒤에서 든든한 버팀목이 되도록 하고 천천히 하나하나 해 나가는 것이 중요하다. 스스로 어떤 일을 하거나 누군가를 도와 변화를 줄 때에도 재촉하면 안 된다. 원하는 그 모습이 이미 달성되었다고 받아들이면서 천천히 끝까지 밀고 나가야 한다.

노력한 것에 반비례해서 결과가 나타나는 일이 설마 있을까 하고 반신반의했다. 노력한 대로 반드시 결과는 일어난다는 믿음을 가지고 살았기 때문이다. 하지만 억지로 하는 노력이 오히려 독이 될 수 있음을 알게 되었다. 원하는 바를 마음에 그려, 의식이 이미 내가 원하는 그것이 달성되었음을 받아들이며 자연스럽게 격차를 줄여 원하는 바를 현실로 드러내는 것이 가장 좋다. '억지로'가 아닌 자연스러운 방향으로 진행되는 노력이라면, 시간이 지난 뒤 그 노력에 정비례해서 원하는 일을 성취하게 될 것이다.

소망을 달성하면 어떤 일이 벌어질까

가끔씩 나는 앞으로 내가 하고 싶은 일에 대해서 생각해 본다. 현재 나는 직장을 다니고 있다. 아이들은 아직 어린 초등학생이다. 아이들을 위해 현재 휴직 중에 있는데, 이제 곧 직장을 복귀한다. 휴직 중에 나는 인생 첫 책을 썼고, 그 이후에도 쭉 책을 쓰고 있다.

글을 잘 쓰기 때문에 책을 펴내는 것이 아니다. 어느 유명 작가의 표현대로 책 쓰기의 가치를 뼛속 깊이 느꼈기 때문이다. 나는 직장인들의 자기계발처럼 책 쓰기에서 스스로를 찾을 수 있었다. 자신의 경험과 지식들을 함께 나눌 수 있어 공유의 삶도 실천할 수 있다. 아이들 역시 글 쓰고 책을 씀으로써 스스로 배울 수 있고, 현 시대에서 교육의 핵심으로 추구하는 창의성 계발, 사고력·표현력 향상에 도움이 된다. 그래서 누구에게나 권하고 싶은 일이 바로 책 쓰기가 되었다.

이런 책 쓰기를 위한 일을 포함하여 그 일이 어떤 일이든 직장을 그만둔 뒤에도 꾸준하게 실천할 나의 목표로 삼았다.

이런 소망을 달성하기 위하여 네빌 고다드가 계속해서 강조하는 방법들이 있다. 핵심 내용은 비슷하지만 표현을 달리해서 여러 권의 책으로 썼다. 다음은 《네빌 고다드의 5일간의 강의》에 나오는 문구이다. 이 책은 네빌 고다드의 여러 권 중에서 가장 이해하기 쉽게 쓰인 책으로 주옥같은 문구들이 많다.

> "바람이 이루어진 것을 나타내는 하나의 사건을 구상하시고, 그 사건을 하나의 단일한 행동으로 한정시키십시오. 예를 들어 제가 어떤 사람과 악수하는 사건을 골랐다면, 악수하는 것 하나만을 해야 합니다. 단순하게 현실처럼 느껴질 때까지 실제 악수를 하는 것을 계속 반복해야 합니다."

내가 달성하고 싶은 것이나 소중한 소망을 이루는 방법은 꾸준히 그것을 생각하고 마음으로 되새기는 것인데, 실제적으로 생각하고 마음에 새겨야 할 것은 소망들이 달성된 후의 사건이나 행동들이다.

네빌 고다드의 소망 달성 방법을 아이들에게도 알려주었다. 아이들은 아이 수준에 맞게 그것을 잘 활용한다. "엄마가 가르쳐 준 그 방법대로 했는데, 정말 바라는 것이 이루어 졌어."라며 좋아한다. 아이들은 생활 속의 소소한 소망이지만 자신의 성공 사례를 이야기한다. 특히 아들은 밤마다 자신이 성장해서 살 집을 구상하며 잔다고 한다. 매일 조금씩 업그레이드도 시키고 그것이 꼭 현실이 될 것이라 믿고 있다. 어제는 불을 끄고 누웠는데, 미래의 집에 대해 새롭게 업그레이드된 내용을 신나게 이야기한다. 고맙게도 나의 집도 아이의 집 옆에 대궐처럼 지었다고 말한다.

"엄마, 내가 커서 살 집은 5층 집인데, 수영장도 있어요. 엄마 집도 내 집 바로 옆에 있어요. 엄마 집도 역시 수영장이 있고, 아주 커요. 엄마가 자는 방에는 책이 아주 많아요. 그리고 온라인으로 사람들도 가르쳐요. 아빠 방에는 골프연습장이 있어요."

아이의 말만 들어도 기분이 좋아진다. 마치 그 집에 사는 느낌이 든다. 아주 세세한 부분까지 조잘조잘 잘도 이야기한다. 아이가 말하는 것을 들었을 때, 이미 아이는 여러 번 그 집을 구상하고 반복해서 생각한 듯하다. 집을 위에서 내려다보면서 말하듯 아주 거침없이 이야기한다. 이렇게 나에게 구체적으로 이야기하면서 아이는 더욱 확신을 가지게 될 것임이 틀림없다. 확신은 소망 달성에 긍정적인 영향을 미치게 될 것이다.

책 쓰기 방법과 노하우를 공유하는 나의 모습을 상상해 본다. 햇빛이 잘 드는 교실에 내가 서 있다. 교실에는 학교처럼 많은 책상이 놓여 있지 않다. 2인이 앉아 있을 수 있는 긴 책상이 8개 정도 놓여 있다. 책상 앞에는 가르치면서 쓸 수 있는 화이트보드도 있다. 교실은 넓은 편이 아니지만, 두 군데의 벽면이 대형 창문이라 따뜻한 햇볕이 잘 들어온다. 나는 서론 쓰는 법, 본론 쓰는 법, 결론 쓰는 법, 1꼭지 쉽게 쓰는 법에 대해서 설명하고 있다. 또한 의식을 강조하면서 책 쓰기는 누구나 할 수 있다고 동기 부여하고 있다. 소망 달성 후의 나의 이런 모습과 행동들을 미리 정하고 자주 반복하다 보니, 정말 그 일이 나의 현실처럼 여겨진다.

사람들은 소망을 하고 있지만 자신의 그 소망이 이루어질 것이라고는 믿지 않는다고 한다. 간절히 바라지만, 딱 거기까지인 것이다. 소중한 내 소망이 분명히 달성된다고 믿기 위해서는 매일 그 소망을 생각해야 하는데, 그때 필요한 것들이 이런 소망 달성 후에 접하게 될 사건이나 행동들이다. 사건은 장면이라고 할 수 있겠고, 그 장면을 정하면, 그 안에서 내가 하는 행동들 볼 수 있을 것이다. 잘 떠오르지 않는다면, 도화지에 그림을 그리듯이 내 머리에 그림을 그려두자. 그리고 그것을 반복해서 그리는 것이다. 그림이 너무 복잡해서는 안 되고, 아주 간단하게 그려서 자주 반복하도록 하자.

소망을 달성한 후 접하게 될 사건과 행동에 대해 생각해 보았는가? 아마도 대부분의 사람들은 그렇지 않을 것이다. 나 또한 그랬다. 네빌 고다드의 책을 읽지 않았다면 알지도 못했을 것이다. 간절했던 소망을 달성했을 때의 그림을 구상해 보자. 예를 들어 꿈에 그리던 내 집을 장만했을 때 그 집에서 나는 과연 무엇을 할 것인가? 다만 복잡하게 상상하지 말고, 간단히 한두 가지만 집중적으로 상상해야 한다. 현재를 살아가는 내 머리 속에 없는 것은 미래에도 없다. 당장 먹고 살기에도 바쁘고 머리가 복잡한데 미래 모습까지 상상하기 힘들다고 아예 포기하면 안 된다.

미래에 소망을 달성한 후의 내 모습을 상상하는 것은 행복한 일 그 자체이다. 오히려 힘든 현실에 한 줄기 희망을 주고 극복할 수 있게 해주는 활력소가 된다. 결과적으로 현재와 미래에 소망하는 삶을 살기 위한 비법인 것이다.

자, 어떤 소망을 가지고 있는가? 그 소망을 달성한 후 마주할 나의 모습, 행동, 사건 등을 한 가지씩 상상해 보자. 뒤로 미루지만 말고, 지금 바로 그렇게 해보자.

경로는 궁금해 하지 마라

"결과가 어떤 경로로 이루어질지에 대해서는 신경 쓰지 말고,
그냥 이미 그렇게 되었다는 것만을 의식하고 있는 겁니다."

네빌 고다드는 어떤 경로로 원하는 결과가 달성되는지 신경 쓰지 말라고 했다. 사실 그 경로는 우리로서는 완벽히 알 수도 없다. 어떤 사람들은 1에서 10까지 미리 머리로 그림을 그리고 무언가를 시작하려 한다. 머리에 완벽한 그림이 없으면 불안해서 출발을 못하는 것이다. 그래서 항상 머리로만 그림을 그리고 있다. 의외로 이런 사람들이 많은데, 나 자신도 그중 하나였다. 오랜 시간이 흐른 끝에 그 경로를 찾아서 겨우 그림을 완성했다고 가정해 보자. 이제는 그 경로를 잘 알게 되었다. 하지만 이번에는 너무나 잘 알기에 두려움이 찾아온다.

'과연 내가 그 일을 할 수 있을까?'라는 심각한 의문에 봉착하게 된다. 막상 시작을 하더라도 매 순간 근심·걱정·두려움과 함께해야 한다. 차라리 그 경로를 모르거나, 알려고 하지 않는 것이 더 낫다.

어느 날 이른 아침 전화벨이 울린다. 이 날도 여전히 하던 대로 식탁에 앉아 글을 쓰고 있었다. 전화번호를 보니 010으로 시작하는 번호인데 알지 못하는 번호이다. 받지 말까 하다가 전화를 받았다. 낯선 여자 목소리가 들린다.

"여기 응급실인데요, 남편 분께서 뇌출혈 증상이 있어서 D병원으로 가니, 그쪽으로 오세요."

바쁘고 사무적인 목소리였다. 무슨 소리인지 처음에는 감이 오지 않았다. 아침에 밥 잘 먹고 출근한 남편, 출근한 지 1시간이 지나지 않은 시간이었다. 무슨 소리인지 다시 물어 보았다. 역시나 처음 들은 내용과 별 차이가 없다. 그제서야 남편에게 뇌출혈이 왔다는 말이 이해가 되었고, 내 몸에서 반응이 왔다. "알겠어요."라고 간단히 대답하고는 곧바로 D병원을 향해 출발하였다. 병원은 가까웠다. 남편은 아직 도착 전이었다. 병원에 도착하자마자 그 병원에 근무하고 있는 대학 선배에게 연락하였다.

"선배님, 남편한테 뇌출혈 증상이 왔대요. 지금 이 병원으로 오고 있는 중인데 수술해야 할 것 같아요. 수술실에 미리 연락 좀 해주실 수 있을까요?"

선배는 깜짝 놀랐다. 당황하는 모습이 역력히 느껴졌다. 나는 응급실 앞에서 선배의 전화를 기다렸다. 곧 선배로부터 연락이 왔다.

"애정아, 중환자실에 자리가 없대, 중환자실에 자리가 없으면 수술을 안 해줘."

"아, 그래요. 그럼 어떡하지요? 네, 일단 알겠습니다."

그리고 언니한테 연락을 했다. 언니는 깜짝 놀란다. 목소리가 좋지 않다. 알고 봤더니 언니도 그 동안 많이 아픈 상태였다고 한다. 가족들이 걱정할까봐 말을 하지 않았지만, 거동이 불편할 정도로 힘든 시간을 보내고 있었다고 한다.

전화를 끊고 나서 어떡해야 할지 갈피를 잡을 수가 없다. 뇌출혈은 골든타임이 있다. 최대한 빠르게 수술해야 하는데, 그러려면 병원에 도착하자마자 바로 수술실로 가야 한다. '다른 병원을 알아봐야 하나?'하고 생각하는 중에 선배로부터 전화가 왔다. 다행히 중환자실 한 자리를 마련했다고 한다. 천만다행이다.

남편은 곧 사설 구급차를 타고 응급실에 도착했다. 구급대원의 말로는 구토를 심하게 했다고 한다. 구급대원은 수술을 해야 할 것 같다는 말을 덧붙였다. 응급실에서도 여러 번 구토를 했다. 그 와중에 코로나 검사를 먼저 받았다. 의사는 남편의 병명을 '뇌동맥류'라고 진단했다. 뇌 속에 시한폭탄을 넣고 사는 것과 같은 뇌동맥류라니, 정말 전혀 예상하지 못한 병명이었다. 스트레스로 혈압이 올라 뇌출혈이 되었다고 생각했는데, 뇌출혈보다 더 위험한 뇌동맥류였다.

의사로부터 시술 동의서에 대한 설명을 듣고 사인했다. 시술 동의서에 사인할 때 보호자는 가장 두려움을 느낀다고 하는데, 나 역시 마찬가지였다. 남편은 시술 장소로 바로 이동하여 3시간 넘는 시술을 받았다. 시술이 진행되는 사이 아무런 생각도 할 수 없었다. 그저 회복될 거라는 믿음만을 가졌다. 만약 내가 남편에 받게 될 코일 색전술 시술과 회복 과정에 대해 하나하나 알려고 노력해서 자세히 알게 되었다면, 부정적인 생각이 강해졌을 지도 모른다. 뇌동맥류가 갑자기 파열될 경우 10명 중 7명은 사망이고, 그중 살아난 3명 중에 단지 1명만이 정상적으로 생활할 수 있다고 한다. 만약 이런 사실들을 미리 알았다면 완쾌된다는 확신조차 가지기 힘들었을 것이다. 그런 것을 알려고 노력하기보다는 완쾌된다는 믿음을 유지한 것이 결과적으로는 더 잘된 일이 아니었나 싶다.

정말 하고 싶은 일이 있다면, 자세한 달성 경로를 파악하기 위해 노력하는 대신 바로 시작하라고 말하고 싶다. 시작도 하기 전에 그 경로를 다 알기는 쉽지 않다. 머리로 달성되는 그 과정과 경로를 추측한다고 하더라도 그것은 실제가 아니다. 그래도 그렇게 하는 것이 안 하는 것보다 낫다고 생각할 수도 있다. 하지만 장점보다는 단점이 더 많다.

첫째는 시간은 금이다. 실제 부딪히면서 배우는 것은 그 어떤 배움보다 값지다. 배움과 실패가 성공의 밑거름이 됨은 확실하다.

둘째는 경로를 세세히 파악하기 때문에 오히려 독이 된다. 너무 잘 알게 되면 부정적인 생각이 앞서, 미리 겁을 먹게 된다.

너무 세세히 알려고 하지 말자. 책 쓰기도 마찬가지이다. 보통 책 쓰기하면 출판과 관련된 이러저러한 일들을 확실히 알고 시작하려고 한다. 하지만 책 쓰기·글쓰기는 내 손으로 직접 A4 용지 두 장 쓰는 연습을 하지 않으면 결코 이루어질 수 없다. 직접 수영하지 않고 이론만으로 수영을 마스터할 수 없는 것과 같다. 머리로 하는 이론 공부는 그만 하자. 정말 나에게 소중한 일, 꼭 하고 싶은 일이라면 자세한 달성 경로를 공부하려 들지 말고 그냥 시작하자.

직접 해보지 않고는 알 수 없는 것이 세상일이다. 머리로 생각하는 것과 실제 행동해서 체험하게 되는 것은 많이 다르다. 아무리 세세하게 계획을 세우고 그림을 그렸다고 하더라도 생각지도 않은 변수들이 생긴다. 그런 계획과 경로를 파악하느라 시간을 그냥 흘려버리게 되고 결국, 내가 하고 싶은 소중한 일을 시작하지 못하게 된다.

완벽주의자일수록 그런 경향이 강하다. 하지만 그런 습관이 있다면 바꾸어야 한다. 아이들일 경우, 습관이 형성되기 전에 세세하게 달성 경로를 파악하기 위해 시간을 소비하지 않도록 주의시키자. 정말 필요한 것은 내가 바라는 그 일이 이미 완성되었다고 의식을 가지는 것이다. 확신이 세세한 계획보다 강력한 힘을 발휘한다. 계획은 대략적으로 세우고, 자세한 달성 경로는 알려고 하지 말라. 내가 바라는 그 일이 어떤 경로로 이루어지는지 궁금해 하지 말고 그저 확신을 가지고 행동하는 것이다.

원하는 것과 하나된 것을 느껴라

아들은 가끔씩 자신의 태몽을 묻는다. 초등학생 고학년이 되니 궁금한 것도 많고 생각도 많아지는 모양이다. 태몽을 물을 때마다 난감해진다. 나는 특별히 태몽이라고 기억나는 것이 없기 때문이다. 그렇다고 아이에게 실망을 줄 것 같아서 "태몽같은 거 없었어."라고 말하기도 곤란하다.

나 역시 어렸을 때 태몽에 대해 친정엄마에게 물었던 적이 있다. 언니의 태몽 이야기를 엄마가 이야기했을 때 가만히 듣고 있다가 나의 태몽도 물어보았다.

"북슬북슬한 털에 윤기가 자르르 흐르는 커다란 늑대가 나타났단다."

"그럼 나는 어떤 꿈을 꾸었어?"

이렇게 물으면 엄마는 난감해하는 듯한 표정으로 “너도 똑같지 뭐!”하고 말끝을 흐렸다. 처음에는 그냥 그러려니 했지만, 곧 늑대 이야기가 내 태몽이 아님을 알게 되었다. 아마 지금 내 아들도 그러지 않을까 싶다. 하지만 아이들이 태어나기 전에 꿈을 꾸긴 했다. 너무도 분명하고 선명하여 현실인 듯 착각을 했던 꿈, 그것이 태몽이라 생각하지 못하여 아들에게 이야기를 하지 못했을 뿐이다. 그당시 나는 그 꿈을 꾸고 나서 ‘아이들이 나에게 오겠구나.’라고 생각했다. 결혼도 늦었고 결혼 후 두 해가 지나도록 아이가 생기지 않아 근심하는 가운데 꾸었던 꿈으로, 이후 ‘곧 아이가 생기겠구나’하고 확신을 가지게 되었다.

아이들은 내 나이에 비해서 어리다. 친구들의 아이들은 벌써 시집 · 장가갈 나이가 되었는데, 내 아이들은 이제 초등학교 고학년이다. 이렇게 늦은 이유는 결혼도 늦었지만, 결혼해서도 아이가 바로 생기지 않았기 때문이다. 2년간 아이를 가지려고 노력했지만 아이가 생기지 않았기에 병원을 다니기도 했다. 시험관 아이도 시도했었다. 하지만 원하는 결과를 얻지 못했다.

결국 나이 때문이라 생각했다. 두 사람만 서로 위해주며 행복하게 살면 그만이라는 생각에 아이에 대한 기대를 접었다. 그러던 어느 날 꿈을 꾸었는데 꿈이 너무도 생생했다. 한복을 입은 할머니가 꿈속에 나타나 이렇게 말하는 것이 아닌가.

"너희는 왜 노력을 안 하냐?"

원망하는 듯한 표정으로 큰 소리로 꾸짖어 말하는 그 꿈이 아침에 깨서도 생생했다. 그 꿈을 꾸고 나는 확신할 수 있었다. 조금만 노력한다면 아이를 가질 수 있겠구나. 확신은 강하게 자리 잡았다. 그 뒤로 남편과 함께 부추·야채는 물론 건강식이라는 것을 하루 세 끼 꼬박꼬박 챙겨먹고, 운동도 하면서 몸을 만들어 나갔다. 이제는 하나도 불안하지 않았다. 그 전에 아이를 갖기 위해 노력할 때는 '또 안 되면 어쩌나?'하는 불안감이 있었다. 하지만 이제는 명확한 느낌과 확신이 생겼다. 아기 엄마라는 정체성이 아이가 오기 전부터 형성된 듯한 느낌, 그런 느낌으로 아이를 기다렸다. 결국 나의 확신대로 아이들은 나에게 왔다. 아들이 먼저, 연이어 딸이 왔다.

비록 꿈이 계기가 되었다지만 아기를 가지는 것이 확실한 나의 현실이 될 것이라는 느낌은 나를 변화시켰다. 임신한 후의 삶, 아이가 태어난 후의 삶에 대한 상상과 함께 말이다. 현실에서는 아직 일어나지 않은 일이지만, 원하던 그 모습이 바로 나라는 느낌이 생기기 시작했고 얼마 지나지 않아 그것은 실제 나의 삶이 되었다.

> "자신의 소망이 이루어졌다는 것을 사실로 받아들임으로써 인간은 사실로 받아들인 대로 미래를 바꿉니다. 사실로 받아들인 것들은 비록 당장 현실에서는 거짓처럼 보일지라도, 사실로 받아들인 느낌을 유지한다면 곧 그것은 현실에서 모습을 드러내기 때문입니다."

원하는 것에 대한 느낌을 미리 가질 수 있다면 그것은 현실이 된다고 네빌 고다드는 말한다. 하지만 우리는 눈으로 확인하고 직접 경험한 것들만 확신한다. 그것이 당연할지도 모른다. 하지만 이렇게 할 경우에 우리가 원하는 것, 간절히 바라는 것을 창조해 내지는 못한다. 그저 환경의 지배를 받아 느끼고 생각하는 인간이 되는 것이다. 그렇게 수동적인 삶을 살게 된다.

마음에 원하는 것들로 가득 채웠을 때 많은 변화들이 함께 일어난다. 첫 번째로 원하는 그것이 나의 현실로 곧 일어날 것 같은 확신을 가질 수 있다. 느낌이 열쇠라는 창조의 원리를 안 이상, 우리는 마음에 원하는 것들을 채우는 훈련을 해나가야 한다.

무언가 잘 되지 않고 어색한 초창기의 시간이 지나고 한 번, 두 번 원하는 바가 실제 현실인 양 느끼는 것이 반복될수록 점점 능숙하게 해낼 수 있다. 직장에서 일하다가도 느낄 수 있고, 아이들은 공부하다가 잠시 상상의 나래를 펴면서 자신의 미래를 미리 느낄 수 있다. 이 과정은 언제, 어디서나 가능하다. 습관이 된다면 원하는 그 무엇도 창조의 과정에 예속시킬 수 있다. 이렇게 원하는 것들은 수시로 느끼면서, 그것이 현실로 드러나는 것을 눈으로 확인할 때까지 계속 반복적으로 느끼게 될 것이다.

삶이 힘들수록 이런 상상과 느낌이 삶의 활력소가 된다.

요구만 하지 말고 달성되었다고 믿어라

"계속 요구하는 상황에서 벗어나, 이미 주어졌다는 것을 믿고 즐겨야 합니다."

네빌 고다드의 명언이다. '요구만 하지 말고 이미 그것을 얻었다고 믿고 즐기라'는 이야기인데, 이 문구를 보니 바로 그렇게 적용해 봐야겠다고 떠오르는 생각이 있다.

이제 초등학교 고학년이 되는 나의 아이들은 눈만 뜨면 서로 부딪히고 싸우고 소리 지른다. 어제는 딸아이가 좋아하는 만화책 세 권을 가지고 싸웠다. 아들은 만화책을 보여 달라고 소리 지르고 딸은 절대 보여주지 않겠다고 소리 지른다. 딸이 주지 않으려 하는 행동도 이해가 간다. 아들은 1년 전, 자신이 좋아하는 만화책을 딸아이에게 보여주지 않았다. 이제는 딸이 그대로 따라서 하고 있다. 아들은 자신의 잘못은 생각하지 못하고 만화책이 보고 싶은 마음에 딸아이에게 강하게 요구하고 있다.

자려고 준비하는 늦은 밤, 만화책 때문에 언성을 높이는 둘을 보며 중간에서 나는 어떻게 중재를 해야 할지 난감하다. 아이들의 높아지는 언성에 나의 감정도 통제가 되지 않는다. 결국 아들을 혼냈다.

"수홍아, 저번에 네 만화책도 정아한테 보여주지 않았잖아. 그것 기억나니? 지금 정아가 만화책 보여주기 싫다고 하니 그냥 두자."

아들은 만화책을 집어 던지면서 "엄마 미워."하고는 시무룩하다. 가만히 생각하니 내가 너무 했나 싶은 생각이 들지만, 아들이 자신의 잘못을 뉘우치기를 바랐다. 아침에 아들과 다시 이야기해 봐야겠다고 마음을 먹고는 불을 끄고 잠을 청하며 이런 생각을 했다.

아이들이 서로 싸우지 않고 사이좋게 지내는 것을 내 마음에서 먼저 받아들여 보면 어떨까. "사이좋게 놀아라!"하고 노래를 부르던 방식을 바꾸어서 이제는 '아이들이 사이좋게 잘 지내고 서로 도우면서 좋은 남매로 잘 성장한다'고 아예 믿기로 결정했다. 그렇게 생각하니 벌써 마음이 편안해지면서 그것이 실제 현실인 듯 기분이 좋아진다.

이렇게 철없는 아들이지만, 때때로 생각지도 않게 원하는 것을 확신에 차서 말하곤 한다. 아들은 네빌 고다드의 중요한 핵심 메시지를 알고 있다. 네빌 고다드는 《조셉 머피의 잠재의식의 힘》의 저자 조셉 머피와 한 스승 밑에서 공부를 한 사람으로, 7년간의 배움을 통해 선입견과 미신을 걷어내고 강의를 하기 시작했다. 강의 내용은 주로 우리가 원하는 것을 물질적으로 현현하는 방법에 관한 것이었는데, 조셉 머피조차 네빌 고다드를 세상에서 가장 위대한 형이상학자라고 평했다.

네빌 고다드는 저서도 여러 권 썼는데, 그 저서들은 읽으면 읽을수록 그 깊이가 느껴지는 책들이다. 나는 아침마다 네빌 고다드의 책을 읽는다. 반복해서 읽으며 핵심 메시지를 나의 몸에 익히고 있다. 아이들에게도 이 방법에 대해 여러 차례 이야기했는데, 아들은 그 말대로 실제 활용하고 있다.

크리스마스 날, 아들은 딸에게 의기양양하게 자랑하며 말했다.

"정아야, 엄마가 부가티 자동차 레고 사 주신다."

듣고 있던 '나는 무슨 소리야?'하고 속으로 생각했다. 너무 확신에 차서 이야기해서 나도 헷갈렸기 때문이다. 내가 언제 사주기로 했지? 아이가 나에게 부가티 자동차 레고를 선물 받고 싶다고 말했던 것은 기억나는데, 확실히 사준다고는 말은 하지 않았다. 하지만 아들이 너무 확신에 차서 말하니, '얼마나 갖고 싶으면 저럴까?'하는 마음도 들었다.

그리고 아들 몰래 인터넷으로 부가티 자동차 레고를 검색해 보았다. 해외 직구로만 구매할 수 있는 제품이다. 가격도 만만치 않았다. 마음이 흔들렸다. '사주어야 해? 말아야 해?' 고민스럽다. 아이는 그것을 가질 꿈에 부풀어 있다. 나는 처음에는 안 된다고 말했지만, 아이가 그것을 가진 것처럼 말하는 통에 마음이 자꾸 약해졌다.

"그래, 이번만 사주자."

네빌 고다드는 "계속 요구만 하지 말고 이미 내가 그것을 가졌다."고 믿고 즐기라고 했다. 아이는 이 상황에 꼭 맞게 행동했다. 결국 엄마인 나의 마음을 바꾸어 놓았고, 소망하는 장난감을 얻게 되었다. 속된 말로 '기도 빨'이란 것이 있다. 미리 성취됨을 믿고 기도할 때, 그 기도가 현실로 드러난다고 한다. '이것 해 주세요, 저것 해 주세요.'하고 요구만 하는 기도는 믿음이 부족하기에 현실로 잘 드러나지 않는다고 한다. 종교를 떠나서 우리가 사는 동안 원하는 것이 간절하면 간절할수록 성취된다는 것을 믿고 기도해야겠다.

계속 요구만 한다는 것은 '나에게 그것이 없다'고 고백하는 것과 같다. 내 마음에 있는 것이 그대로 현실이 되는데, 내 마음에 없으므로 현실로 드러날 수가 없는 것이다. 마음에서는 이미 그것이 이루어진 것처럼 만들어 놓고, 그것을 즐기면서 믿고 성취될 때까지 밀고 나가야 한다. 장난감 선물을 간절히 원하는 아들의 마음에는 이미 장난감으로 가득 찼다. 마음속으로 자동차를 조립하는 자신의 모습을 상상하면서 행복해 했을 것이다. 행복한 감정을 통해 더욱 자동차가 있는 현실을 원했을 것이고, 아이의 간절함이 주변 환경을 바꿨다. 내면의 상태가 중심이 되어 외부의 환경을 바꾸어 간다. 아들 내면 상태대로 외부 상태는 변화되었고, 결국 자동차를 선물로 받게 되었다.

나의 경우도 그랬다. 옛날부터 내가 간절히 원하는 일들은 대부분 나의 삶이 되었다. 재수 시절이 생각난다. 전문대가 아닌 4년제 대학에 가기를 원했는데, 그 간절함대로 재수 생활을 거쳐 4년제 대학에 가게 되었다.

필리핀 세부 살이 역시 마찬가지였다. 현실인 듯 착각이 일어날 정도로 세부 살이는 간절했다. 그것 역시 어려운 여건 속에서 나의 삶이 되었다. 내 안에 있는 것들이 간절히 바라는 모습으로 존재했다가 실제 나의 삶이 되는 것이 맞다. 지금 간절히 바라는 것이 있는가? 그것은 분명 이미 당신 안에 존재한다. 그런 믿음으로 이미 달성되었다고 생각하고 바라는 것을 현실에서 꾸준히 밀고 나가면 된다.

우리가 가장 쉽게 범하는 실수는 오로지 바라기만 한다는 것이다. 딱 거기까지만 열심히 한다. '바라는 것'에 이미 이루어졌다는 '믿음'이 덧붙여져야 하는데 대부분 그것을 알지 못하고 살아간다. 바라기만 해서 이루어진 것들이 얼마나 되었는지 되짚어 본다면, 우리의 바라는 방법이 잘못되었음을 알게 될 것이다.

바라는 것도 '나'이지만, 이루는 것도 '나' 자신이다. 내가 이루어짐을 믿음으로써 나의 믿음대로 이루어진다. 지금까지 바라기만 하는 삶을 살아 왔다면, 이제는 바람에 믿음을 더해 바라는 그것이 반드시 나의 삶이 된다는 생각으로 미리 즐겨보기를 권한다. '간절한 바람'이 이미 달성되었다는 믿음', 즉 '바람+믿음'은 한 세트임을 잊지 말자.

상상하고 믿으면 부자도 될 수 있다

내 주변 사람 중에서 부자인 사람을 떠올려 보면, 단연코 나는 언니와 형부를 생각한다. 지극히 평범한 두 사람은 황혼을 맞은 지금 부자 소리를 들어도 무리가 없을 정도라고 생각한다. 두 분은 현재 제주도와 서울을 오가며 만족스런 생활을 하고 있다. 주중에는 제주도에서, 주말에는 서울 집에서 원하는 삶을 살고 있다.

조금 고단할 법도 한 이런 생활을 하는 이유는 제주도에서 귤 농사도 지으면서 전원생활을 하고 싶은 마음 때문이라고 한다. 그렇다고 서울을 완전히 떠날 수 없는 상황이라 서울 생활도 유지하면서 제주도에서의 삶도 즐기는 방법을 찾은 것이다. 농사라고는 전혀 모르던 두 분이서 정원도 가꾸고, 텃밭에는 각종 야채들도 기르면서 하나씩 하나씩 배워가고 있다.

귤이 나올 철에는 한 박스씩 보내주셔서, 두 분 덕분에 제주 귤을 잘도 먹고 있다. 감사할 따름이다. 평범한 형부와 언니가 이런 생활을 할 수 있는 것은 아주 큰 부자는 아니지만 어느 정도 경제적인 여유가 생겼기 때문이다.

두 분이 이런 경제적인 여유를 가지게 된 것은 결코 월급쟁이 생활만으로는 가능하지 않았다. 경제에 꾸준히 관심을 가지고 배우고 익혀 한푼 두푼 모은 월급으로 투자를 했기 때문이다. 하지만 이것은 외적으로 보여지는 모습이고, 두 분이 부자가 될 수밖에 없는 특별한 방식이 있을 거라고 생각된다.

> "우리는 부자가 되기 위한 조건들로 환경이나 재능, 혹은 하는 일의 종류, 자본의 크기 등을 쉽게 떠올립니다. 그러한 것들이 일부 영향을 미치는 것은 사실이지만, 부자가 된 사람들의 경우를 보면 그런 조건들이 절대적인 것은 아닙니다."

월러스 워틀스의 《부의 비밀》에 나오는 내용이다. 나는 부자가 되기 위해서는 능력이나 타고난 재능이 있어야 한다고 생각했다. 그래서 능력을 쌓고자 힘썼다. 좋은 대학을 가기 위해 밤잠 자지 않고 공부했고, 새로운 무엇인가를 배우기 위해 노력했다. 특별히 타고난 재능이 없다고 생각했기 때문에 더욱 노력해야 한다고 생각했다. 살면서 가장 부러운 사람들은 조금만 노력해도 쉽게 능력이 발휘되는 타고난 재능의 소유자들이다. 나는 그들이 하는 노력의 배 이상을 해야 한다. 그래야 조금은 비슷한 상황이 된다.

그렇게 열심히 살아왔지만 나는 평범한 삶을 사는 평범한 사람이 되었다. 책을 쓰기 전까지는 더욱 평범한 삶이었다. 부자와는 사실 거리가 멀었다. 그렇게 열심히 노력했지만, 내심 가지고 있는 부자에 대한 열망은 달성되지 않았다. 부족한 재능을 노력으로 메우려 했지만 그것만으로는 부족했고 또 다른 무엇인가가 필요했다.

수많은 사람들이 원하는 물질적 풍족함을 얻는데, 재능이나 능력도 물론 중요하겠지만 그것에 앞서 결정적인 요소가 존재한다. 물론 능력을 쌓기 위해 노력하지 않아도 된다는 의미는 아니다. 오히려 부자처럼 생각하고 부자처럼 행동한다면 인과법칙에 의해 부자가 될 수밖에 없다는 생각든다.

이 책에서 강조하는 부자가 되는 특별한 방식은 다음과 같다.

첫째, 비전 - 원하는 바를 명확하고 분명하게 마음속에 그려야 한다.

부자가 되는 것도 목표를 달성하는 것처럼 비전을 명확히 가져야 한다. 자신이 원하는 것을 명확한 그림으로 가지고 있지 않을 때, 그 무엇도 만들어지지 않는다. 사람들이 원하는 대로 살지 못하는 가장 큰 이유는 자신이 무엇을 원하는지 알지 못하기 때문인데, 이것은 부자도 마찬가지이다. 얼마를 벌기를 원하는지 명확한 그림을 가지고 있지 않기 때문에 부자가 되지 못하는 것이다. 어떤 누군가는 100억짜리 수표를 만들어 지갑에 항상 가지고 다녔다고 한다. 수시로 그 지갑에서 수표를 꺼내서 보았다. 수표를 보는 동안 자신이 정말 그것을 소유한 부자인 듯 상상한다. 매일 수표를 확인하면 그 액수만큼 돈을 번다는 것을 각오하게 된다. 이런 행동이 반복될수록 원하는 바는 기억에서 사라지지 않고, 마음속에 깊이 새겨지게 되고, 부자에 대한 욕구 또한 더욱 강해진다.

성취의 가장 기본은 열정과 강한 욕구이다. 이렇게 100억을 벌 수 있는 내면 구조를 기본적으로 만들게 된다. 액수까지 정확하게 적어서 비전을 명확하게 하는 것이 바로 부자가 되는 첫 번째 방법이다.

둘째, 결의 - 반드시 그것을 실현하려는 것

다음으로는 부자가 되겠다는 의지가 필요하다. 부자가 되는 것을 방해하는 부정적인 생각을 하지 말아야 한다. 부정적인 생각들은 부정적인 결과를 낳는 경우가 많다.

미국 그랜드캐니언 폭포를 올라가기 위해서는 해발 2,000m 이상 오르게 되는데, 이때 고산병 증상이 자주 나타난다고 한다. 하지만 가이드들은 미리 고산병에 대해서 설명하지 않는다. 왜냐하면 고산병 증상이 있을 수 있다고 이야기하면 실제로 두통, 어지러움, 구토 등 고산병 증상을 호소하는 사람들이 더 많아지기 때문이다. 사람의 부정적인 생각이 실제로 부정적인 결과를 낳는 좋은 예이다.

부자가 되겠다는 명확한 비전을 가지고 있지만, 가난에 대한 두려움을 가진다거나 부자가 되는 것에 의심을 한다면 비전은 흔들리게 되고 부정적인 생각대로 부자가 되지 못한다. 자신의 관심이나 의지를 부자에 집중하는 것이 필요한 것이다.

셋째, 믿음 – 이미 자신의 것이라 믿는 것.

'믿음'이 열 일을 한다. 아무리 좋은 비전이라 한들, 스스로 자신을 믿고 그것이 현실이 된다는 것을 믿지 못한다면 아무 소용이 없다. 이미 그것은 나의 삶에 일어난 일이라 생각하고 실천해야 한다. 부자가 되는 방식도 마찬가지다.

100억의 수표를 나의 비전으로 가지고 있다면, 실제의 수표가 나의 지갑 안에 있다고 믿어야 한다. 그렇게 믿는 가운데 나의 주변 환경은 바뀌게 된다. 믿는 만큼 세상은 변화된다. 이미 나는 100억 부자임을 과감히 믿어야 한다.

넷째, 행동 – 생각과 행동은 서로 협력해야 한다는 사실이 중요하다.

지금 바로 행동해야 한다. 생각하고 상상하기를 더욱 열심히 해야 한다. 그 비전을 마음에 간직하고 머리에 각인시키기 위해 밤마다 잠들기 전 반복한다. 가수면 상태에서 하는 상상은 잠재의식 깊은 곳에 자리 잡게 된다. 피곤함을 무릅쓰고 매일같이 부자가 되어 어떻게 살 것인지 구체적으로 상상하고 구상하여야 그 간절함도 커지게 된다.

당장 실제 행동으로 실천할 수도 있다. 2020년 연초 나의 비전은 책을 3권 이상 출간하는 것이었다. 3권의 출간을 위해 실천해야 할 1순위는 매일 A4 2장 쓰기였다. 즉 1꼭지 쓰기이다. 매일 1꼭지 쓰기를 실천함으로써 그 비전을 나는 달성했다. 100억 부자를 위해 현시점에서 내가 해야 할 실제적인, 작지만 위대한 행동은 어떤 것이 있는지 냉철하게 판단하고 선택해서 행동으로 옮겨야겠다.

월러스 워틀스는 원하는 환경이 주어질 때까지 행동을 보류하지 말라고 했다. 현재 나의 상황에서 부자가 될 것을 상상하고 행동으로 옮겨 실천한다면, 환경도 점점 바뀌어 갈 것이다. 미루어도 되는 것은 세상에 아무것도 없다. 후회만 남을 뿐이다.

이처럼 부자가 되는 방법도 상상하고 믿는 데 있다. 네빌 고다드의 '상상하면 현실이 된다'는 이론이 부자가 되는 방식에도 그대로 적용된다. 부의 정도를 확실한 비전으로 만들어 그것을 상상하고 믿으며 현실에서 할 수 있는 일부터 행동으로 조금씩 이루어 나가다 보면 그것은 나의 현실이 될 것이다. 부자가 되는 삶은 가장 열정적이며 최선을 다하는 삶이다. 부자가 안 되어도 좋다는 생각은 하지 말자. 부자가 되어 가치 있는 일을 많이 한다면 그것만큼 멋진 삶도 없을 것이다. 나는 강조하고 싶다. 부자가 되어 스스로 만족스러운 삶을 살며 다른 이들에게도 나누고 공유하는 삶을 살아보자고.

상상이 곧 현실, 나의 삶에 적용하라

"자신의 소망이 이루어졌다는 것을 사실로 받아들임으로써 인간은 사실로 받아들인 대로 미래를 바꿉니다.
당장 현실에서는 거짓처럼 보일지라도, 사실로 받아들인 느낌을 유지한다면, 곧 그것은 현실에서 모습을 드러내기 때문이다."

네빌 고다드의 《네빌 고다드 5일간의 강의》에 나오는 내용이다. 간절히 바라는 그 일이 실제로 달성된 것처럼 느끼고 그 느낌을 계속 유지한다면 실제 나의 삶에 일어난다는 의미이다. 잘 믿기지는 않지만, 나는 이런 경험을 여러 번 했다. 얼마 전에도 이런 기적 같은 일을 경험했다.

세부에서 살다가 코로나 19로 인해 급히 귀국하게 되었다. 아무래도 의료체계가 취약한 나라여서 안심할 수 없었기 때문이었다. 하지만 팬데믹 상황이 호전되면 곧 복귀할 생각이었기에 집안 정리만 하고 가재 도구와 짐·차량 등은 그대로 둔 채 귀국했다. 예상 외로 코로나 19는 쉽게 해결되지 않았고, 복귀는 꿈도 꿀 수 없게 되었다.

'이게 대체 무슨 일이야?'

여기저기에서 사람들의 우려가 들려오고 있다. 시간이 흘러 직장으로 복직할 시기가 다가오자 필리핀 세부로 돌아간다는 생각은 아예 접게 되었다.

필리핀에서 살던 집에는 살림살이가 그대로 있다. 냉장고에 있는 음식물은 모두 버렸고, 집을 나올 때는 전기만 차단하고 나왔다. 특별히 문제될 것은 없다. 하지만 두고 온 차는 걱정이었다. 운행을 정지한 상태인지라 고장이 염려되었고, 차고가 따로 없어서 아파트 앞에 세워 둔 상태라 도난도 걱정이었다. 헐값으로라도 차를 팔면 좋겠지만, 한국에 있으니 그마저도 쉽지 않았다.

그렇게 생각하는 중에 에이미로부터 연락이 왔다. 에이미는 세부살이 정착에 여러모로 도움을 많이 줬던 빌리지 이웃 한국인 엄마이다.

"언니, 페이스북을 통해서 차 딜러를 찾았어요. 언니도 차 파실래요?"

정말 고마웠다. 어찌 나의 마음을 이리 알고 때맞춰 연락을 주었는지. 에이미에게 정말로 감사한 마음이 들었다. 전생에 깊은 인연이 있지 않았을까. 그렇게 소개받은 자동차 딜러인 마이클은 차일피일 약속을 미루다가 드디어 차를 보러 아파트에 간다고 했다. 현지인들의 느긋함 때문에 세부에 사는 한국인은 속앓이를 많이 한다. 미리 자동차 키를 아파트에 계시는 한국 분에게 맡기고 부탁을 하고 온지라 그분을 통해서 차를 딜러에게 보여주게 되었다. 이제 '차 걱정에서 벗어날 수 있겠구나'라고 생각했다.

하지만 문제가 발생했다. 우리나라의 차량 등록증 같은 OR/CR이 없다는 것이다. 나의 기억으로는 분명 차 안 조수석 앞 서랍에 넣어두었다고 생각하고 있었는데, 나의 착각이었는지 보이지 않는다고 연락이 왔다. 필리핀은 그 원본 OR/CR이 없으면 차 팔기가 몹시 어려워진다. 그 나라의 행정업무가 그렇다. 우리나라에서 옛날에 땅문서를 장롱 깊은 곳에 꼭꼭 숨겨두고 고이 간직하듯이 필리핀에서는 모든 서류를 그렇게 보관해두어야 한다. 완전 낭패다.

이런 상황에서 내가 할 수 있는 일은 한 가지밖에 없었다. "상상하면 현실이 된다."는 말대로, 나는 상상하기 시작했다. 좀 뜬금없다 느껴질 수 있겠지만, 차를 팔고 그 대금이 나의 통장에 입금되는 것을 상상했다. 42만 페소에 차를 샀으니, 26만 페소 정도만 받으면 좋겠다고 생각했다. 환율이 변동이 있으나, 26만 페소는 한국 돈으로 대략 600만 원 정도이다. 통장에 찍힌 금액을 확인하고 안심하는 나 자신의 모습을 상상했다. 상상만으로도 기분이 좋았다. 10년 묵은 체증이 내려간 듯한 시원함과 함께 그것이 사실인 듯 생생하게 느껴졌다. 그 느낌, 그 기분, 그 시원함을 계속 반복적으로 생각해 보았다. 낮에도 수시로 생각하고 자기 직전에도 상상했다.

새벽에 잠이 깼다가 다시 살짝 잠이 들었는데, 필리핀에 두고 온 애견 '모두'의 꿈을 꾸었다. 나의 아픈 손가락, '모두'. 모두는 17년 동안 키운 애견이다. 필리핀 세부로 갈 때 이미 15살이었다. 동물병원에서는 나이가 많고 심장이 좋지 않으니 비행기를 태우지 말라고 했다. 하지만 다른 사람의 손에 맡기기는 더욱 싫었다. 다른 사람한테 맡겨지는 것이 '모두'에게는 죽는 것보다 싫을 수 있겠다고 생각했다. 생명이란 것은 미리 속단할 수도 없는 것. 결국 비행기에 태우기로 했다. 그렇게 '모두'는 우리와 함께 필리핀에 가게 되었다.

필리핀에 있는 1년 반 동안 '모두'는 아주 건강하고 행복하게 지냈다. 하지만 워낙 나이가 많았고 다리 관절이 좋지 않아서 자리에 누워만 있어야 하는 상황이 되었다. 짖음으로 '모두'가 배변의 의사 표현을 할 때마다, 나는 낮이고 밤이고 '응가'와 '쉬'를 할 수 있도록 몸을 잡아주었다.

하지만 급하게 귀국하게 되면서 그런 '모두'를 일주일에 2번 청소하러 오는 현지인에게 맡겼다. 동물을 해외에서 데리고 오려면, 검사를 비롯한 준비 기간이 넉넉히 2달 정도 걸린다. 그래서 당장 비행기를 타기에도 힘들다는 판단하에 현지인에게 맡기게 되었다. 집에서 동물을 여러 마리 키우는 50대 중반의 아떼라는 이름의 현지인으로 믿음이 가는 사람이었다. 아떼의 집에 직접 방문해 보고는 마음을 굳혔다. 그녀는 아침, 저녁으로 한국에 있는 우리에게 '모두'의 사진과 영상을 보내주었다. '모두'와 함께 맡긴 길고양이 새끼인 '노랑이'의 안부도 함께였다.

우리가 한국으로 돌아온 지 6개월이 지난 어느 날, '모두'가 이상하다는 연락을 받았고, 결국 '모두'는 무지개다리를 건너고 말았다. 슬픔은 이루 말로 표현할 수 없었다. 옆에 있어 주지 못한 것이 가장 가슴 아팠다.

세부에 있는 차를 팔려고 했으나 OR/CR이 없어 낭패에 빠진 그 시점에 '모두'의 꿈을 꾸었다. '모두'를 화장실로 데려가서 자세를 잡아주었고 '모두'는 한참 뒤에 시원스럽게 '쉬'를 하는 꿈이었다. 마치 현실인 것처럼 내 마음까지 시원했고 행복감이 들었다. 잠에서 깨고도 한동안 기분이 좋았다. 왠지 모든 일들이 잘 풀려나갈 것이란 느낌이 들었다. OR/CR을 찾게 될 거라는 확신이 들었다.

나는 다시 상상했다. 세부에 두고 온 자동차가 팔리고 통장에 차 팔린 금액이 입금된 것을 더욱 생생히 상상했다. 그리고는 곧 OR/CR

을 찾았다는 연락이 왔다. OR/CR을 찾고 난 뒤, 세부의 차는 일사천리로 판매되었고, 상상한 대로 나의 통장에 600만 원에 가까운 금액이 입금되었다. 모두의 꿈이 계기가 되었지만, 어찌하였든 현실처럼 생생하게 상상한 일은 상상한 그대로 현실이 된다는 것을 다시 한 번 체험하게 되었다.

집중적으로 상상한 것은 결국에는 나의 현실이 된다. 무엇을 상상해야 할 것인가는 명백하다. 내가 가장 되고 싶고, 갖고 싶고, 간절히 원하는 것이다. 그것이 이미 성취되었다는 것을 상상하는 것이다. 이성적으로 볼 때는 사실이 아닐지라도 머릿속에서는 그것이 이미 성취되었다고 상상해야 한다. 무엇인가를 얻기 위해서 열심히 공부하고 현실적으로 계획을 세세하게 세우며 매일같이 실천으로 노력하지만, 우리가 소망을 달성하기 위해 잘 하지 않는 한 가지가 바로 이것, 상상하는 것이다.

성취되었을 때 경험하게 될 사건, 장면을 명확하게 그리고 미리 상상하는 것이 중요하다. 철저한 계획과 열정적인 노력 이상으로 상상하고 믿는 것이 가장 절실하게 필요한 부분이다. 이성적으로 도저히 나의 현실이 될 수 없다고 지레 짐작으로 포기해서는 안 된다. 상상의 힘을 믿고 간절한 나의 소망을 명확히 하며 매일 상상하고 믿도록 해보자.

꿈을 가진 사람이라면 이 비법을 삶에 적용해야 한다. 현실과 동떨어진 소망일수록, 꼭 이루고 싶은 소망일수록, 내 삶을 송두리째 바꾸어줄 소망일수록 상상하면 현실이 된다는 이 마법 같은 비법을 활용하기를 권한다. 내가 바라는 것, 그 어떤 것도 달성되었다고 꾸준히 상상하면 결국 나의 삶이 된다는 진실. 가슴에 새겨 잊지 말기를 진심으로 바란다.

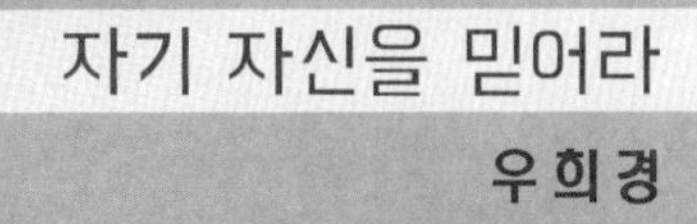
자기 자신을 믿어라
우희경

마음의 소리에 귀를 기울인다면

내가 초등학생 2학년 때로 기억이 난다. 부모님은 장사를 하시며 자식 네 명을 키우셨다. 삶이 고단하실 법도 한데, 친정엄마는 매일 새벽에 일어나 아침을 준비하셨다. 그것도 매일 다른 메뉴로. 바쁜 가게 일에 자식 네 명을 키우다 보니 집은 늘 어지러웠다. 항상 소파 위에는 빨래거리가 산더미같이 쌓여 있었고, 우리 4남매는 소파에 널부러져 있는 옷 중에서 아무거나 골라 입으며 자랐다.

둘째로 태어난 나는 일찍 철이 들었다. 혹시라도 엄마가 힘드실까 봐 초등학생 2학년 때부터 새벽에 일어나 밥을 해 놓곤 했다. 조금이나마 엄마의 수고를 덜어주고 싶다는 생각을 했던 것 같다. 아침밥을 해 놓고 나면 아침 식사 시간까지 2시간 정도의 시간이 있었다. 식구들이 아직 일어나지 않은 고요한 새벽. 나는 매일 책상에 앉았다.

보통은 책을 읽거나 일기를 썼다. 그때마다 누군가 나에게 항상 말을 걸었다. 바로 마음의 소리였다. '엄마가 우리 때문에 고생하시니까 나는 공부라도 열심히 해야지' 내 마음속 또 다른 내가 나에게 항상 말을 거는 느낌이 들었다. 그때부터 나는 내 꿈을 상상하는 일을 즐겼다. 물론 해마다 꿈이 바뀌기는 했지만.

친정엄마의 수고를 덜어드리기 위해 시작한 새벽 기상과 일기 쓰기는 내 마음속 나에게 말을 걸어주는 소중한 시간을 나에게 주었다. 그때 읽었던 책들이 어린 나에게 꿈을 꾸게 했고, 부모님이 시키지 않아도 스스로 공부하는 아이로 만들었다. 요즘 말하는 자기 주도 학습을 한 셈이다. 그렇게 초등학교 2학년 때부터 중학교 3학년 때까지 스스로 공부하는 소위 모범생으로 자랐다.

그랬던 내가 가고 싶었던 고등학교 진학을 포기하게 되는 사건이 있었다. 줄곧 전교 1등을 도맡아 했던 친언니가 타지역의 고등학교로 진학하고 싶어 했던 나의 의견에 반대를 했기 때문이었다. 당시 나는 공부를 곧잘 했고, 호기심이 많은 학생이었다. 더 큰 물에서 공부하고 싶다는 생각으로 타지역 고등학교에 지원을 한 상황이었다. 전교 1등을 하는 친언니가 자신도 고생하시는 부모님을 생각해 살고 있는 지역에 있는 고등학교에 가는 상황이라며 내 선택에 반대했다. 내가 타지역 고등학교에 진학을 하면 부모님의 경제적 부담이 크다는 이유였다.

처음으로 갈망했던 꿈이 꺾인 후부터 공부에 흥미가 없어졌다. 나의 꿈도 희미해졌다. 몇 년째 스스로 일어났던 새벽 기상도 의미 없이 느껴졌다. 그때부터였던 것 같다. 항상 나에게 말을 걸어오던 나의 내면의 소리가 더 이상 들리지 않게 된 것은.

내면의 소리가 들리지 않자, 이내 수동적인 삶을 살게 되었다. 학교에서 시키는 대로만 공부를 했고, 자기 주장이 강한 내 성격과 잘 맞지 않아 많은 방황을 했다. 그 후에도 내가 주도하는 인생이 아닌 삶이 펼쳐졌다. 아버지의 권유에 따라 내 성적에 맞는 대학과 전공을 선택했고, 어머니의 바람처럼 남 보기 좋은 직장에 들어갔다. 때론 나를 채근하고 때론 나를 독려하던 '내면의 목소리'는 더 이상 들리지 않았다. 기계처럼 아침에 일어나 출근하여 주어진 일을 처리하며 살았다.

순리처럼 남편을 만나 결혼을 했다. 그를 닮은 아이를 낳고 키웠다. 아이들을 키우면서 다시 내 삶을 돌아보게 되었다. 밖에 나갈 수 없는 갑갑함이 글을 쓰게 했다. 글을 쓰기 위해 많은 생각을 해야 한다. 그때부터 내 생각이, 내 마음이 원하는 것이 무엇인지 어렴풋이 보였다. 그런 과정을 거치다 보니 아주 오래전부터 끊겼던 내 안의 나와 다시 교신이 시작되었다.

"희경아. 너 어릴 때 남들 앞에서 말하고 글쓰기에 소질이 있었어. 이제라도 다시 시작해 봐."

"희경아. 너 나중에 많은 사람들에게 영감을 주고, 희망을 주는 사람이 될 거야. 그때를 위해 지금부터 준비해."

오랫동안 끊겼던 내 안의 '북소리'가 들리기 시작했다. 알 수 없는 이 끌림에 무언가 다시 살아나는 느낌이 들었다. 내 마음에 귀를 기울일수록 내 앞에 펼쳐질 미래가 더 선명하게 그려졌다. 그렇게 보이는 미래의 길을 따라 몸을 움직였다. 책을 읽고 글을 썼다. 나는 분명 아이들을 키우고 있었지만 책을 읽고 글을 쓰는 순간만큼은 온전히 내가 되었다.

잘 들리지 않았던 내 마음의 목소리가 다시 들리기 시작하면서 삶이 조금씩 변했다. 타인의 시선으로부터 조금 자유로울 수 있었고, 하고 싶은 대로 살게 되었다. 이 사람 말에 흔들리고, 저 사람 말에 마음 졸였던 태도에서 벗어나 의연해질 수 있었다.

우리는 왜 이토록 내 마음의 소리에 귀를 기울이기 어려운 것일까? 그것은 '남의 말'과 '상황'에 휩쓸리기 때문이다. 어떨 때는 폭력처럼 던져지는 타인의 훈수에 내 인생을 맡기고, 내게 주어진 상황에 힘없이 순응하기에 내가 진짜 들어야 하는 '내면이 하는 말'이 들리지 않게 되는 것이다.

자신의 인생을 주도적으로 이끄는 사람이 적은 이유도 마찬가지다. 내면의 목소리를 따라 움직이는 사람보다 남의 말에 흔들리며 사는 사람들이 많기 때문이다. 자신의 의지대로 살아가는 사람을 부러워하면서도 정작 나는 그런 용기를 내지 못한다.

아이들에게 작은 본보기가 되는 삶을 살아야겠다고 마음을 먹으니, 나 먼저 주도적인 삶을 살아야겠다는 생각이 들었다. 고등학교 진학을 앞두었을 때, 내가 조금 더 주도적인 선택을 하여 가고 싶었던 고등학교에 진학을 했더라면…. 세상의 속도에 아랑곳하지 않고 급하게 전공을 선택하지 않았더라면…. 서둘러서 직장을 선택하지 않았더라면…. 지금 돌이켜 보니 내가 주도하여 선택하지 않았던 모든 것들은 다 후회스러웠다.

'내면의 목소리'를 듣지 못하는 사람들은 자기가 어떤 사람인지 본인조차 알지 못한다. 그러니 주변에 휩쓸린다. 자기 자신을 잘 아는 사람들은 모두 내면의 목소리에 귀를 기울일 줄 아는 사람이다. 독서를 통해 선배들의 지혜를 가슴 깊이 새기면서 잘못된 내 인생의 경로를 바로잡는 데는 무척 오랜 시간이 걸렸다.

많은 분들이 이 책을 읽고 나와 같은 과오를 하지 않았으면 한다. 선택의 갈림길에서 어떤 것을 선택해야 할지 잘 모르겠다면 그 누구도 아닌 자기 내면의 목소리에 귀를 기울였으면 좋겠다. 나에게 "감 내놔라. 배 내놔라!"고 말하는 사람들은 나만큼 내 인생에 대해 깊이 고민해 보지 않은 사람들이다. 그런 사람들의 말 한마디에 휩쓸리면 안 된다.

만약 '내면의 목소리'를 듣고도 확신이 더 필요하다면 같은 길을 갔던 선배들의 이야기를 듣고 먼저 가늠해 보라. 그들이 먼저 걸었던 경험에서 내가 가고자 하는 방향과 미래를 볼 수 있을 테니까.

나보다 경험이 많다는 이유로, 혹은 나이가 많다는 이유로 누군가 나의 선택을 가로막는 상황에 놓인다면 잠시 걸음을 멈추고 생각해 봐야 한다. '이 사람은 내가 가고자 하는 길을 경험했던 사람인가?' 그렇지 않다면 그 사람이 보지 못한 세상이 있다는 것을 인정하고, 다시 내 마음의 소리에 더 집중하여 듣도록 해야 한다.

자신이 선택한 길은 적어도 후회가 없음을, 헤매고 또다시 헤매어도 결국에는 자신이 원하는 목적지에 도착한다는 것을 빨리 깨우칠수록 좋다. 변해 가는 세상을 최대한 열린 마음으로 받아들이고, 목적지를 향해 가는 길에서 부딪치는 실패를 온몸으로 받아들이자. 나의 결정이 5년, 10년 뒤에 후회로 남지 않기 위해, 내면의 목소리에 귀를 기울이는 어른이고 싶다.

실패가 나를 단련시킨다

세상에는 여러 가지 길이 있다. 참으로 아쉽게도 우리는 어릴 적 한 가지 길만 있는 것으로 알고 살았다. 못 살고 못 먹던 시절, 대한민국에서 입시는 성공으로 가는 거의 유일한 방법이었다. 실제로 좋은 대학에 들어간 학생들은 그렇지 못한 학생들보다 조금 더 좋은 위치에서 사회생활을 시작할 수 있었다. 명문 대학에 진학하여 대기업 또는 공기업에 입사하는 것은 성공의 지름길이었다.

사회에 나와 보니 성공에는 다양한 길이 존재했다. 초등학교밖에 안 나온 분도 장사에 소질이 있어 몇 개의 사업체를 경영하고 있다. 대학 졸업장이 없어도 창의적인 아이디어로 창업에 성공한 분도 내 주변에 많다. 문제는 실패라는 벽 때문에 젊은 사람조차 도전하는 것을 꺼려 한다. 시대가 많이 바뀌었다 해도 여전히 실패를 향한 잣대는 엄격하다.

위인전이나 자기 계발서에 나오는 주인공들 중에 실패 없이 첫 번째 시도로 성공한 사람은 단 한 명도 없다. 발명왕 에디슨도 전구 하나를 개발하기 위해 수천 번 실험에 실패했다. 미국의 역사적인 대통령 링컨 역시 대통령이 되기 위해 수십 번 선거에서 낙방했다.

우리 세대의 부모들은 자녀들의 실패 확률을 줄여주기 위해 공무원이나 교사 같은 안정적인 직업을 권했다. 한번 들어가면 큰 고생이나 실패 없이 무난한 인생을 살 수 있으니까. 나는 실패야말로 큰 축복이라고 말하고 싶다. 실패했다는 것은 도전을 했다는 증거이고, 더 나은 삶을 살기 위한 나에 대한 예의라고 생각하기 때문이다. 진부하게 들리겠지만, 실패 없이 성공할 수 없다. 무엇보다 실패를 하면 더 단단해진다. 인생의 풍파를 견딜 수 있는 내면의 힘이 생긴다. 실패를 통해 얻는 가장 큰 수확은 자신을 알아가게 된다는 점이다. 어른이 되어도 '나'를 잘 모르겠다는 사람들은 실패의 경험이 적은 사람들이다.

내가 어렸을 적에 친정아버지는 다행히도 우리의 실패에 관대했다. 항상 꿈을 갖고 도전하며 살라고 말씀하셨다. 초등학교 때 내 꿈은 '전교 어린이 회장'이었다. 잘 생각은 안 나지만 반장보다 전교 어린이 회장이 폼난다고 생각했던 것 같다. 그 꿈을 이루기 위해서 초등학교 5학년 때부터 주어졌던 출마의 기회를 잡고자 친구들과 사이

좋게 지내고 반에서 모범이 되도록 노력했던 것 같다. 그랬더니 자연스럽게 친구들과 사이가 좋아져 부회장 후보로 출마하게 되었다. 연설문을 작성하고 외우면서 선거를 준비했다. 친구들과 포스터도 만들고 선거 운동도 하며 그 과정을 즐겼다.

열심히 준비했지만 나는 선거에서 보기 좋게 떨어졌다. 굴복하지 않고 5학년 2학기에 한번 더 도전했다. 또 떨어졌다. 6학년 1학기가 되어 다시 도전했다. 여전히 떨어졌다. 세 번쯤 떨어지자 친구들이 이제는 그만하라고 말렸다. 이번 생에 '어린이 회장'은 네 몫이 아니라며.

그러자 오기가 생겼다. 6학년 2학기가 되자 친구들에게 마지막 기회라며, 한 번만 더 기회를 달라고 부탁했다. 친구들은 안타까웠는지 나에게 마지막 기회를 주었다. 여자 친구들에게 밉상으로 보이지 않기 위해 머리도 커트로 자르고, 옷도 원피스를 던져 버리고 바지로 갈아입었다. 나의 노력이 가상했는지 선거에서 15표 차이로 전교 부회장이 되었다.

5학년 1학기 처음 선거에서 떨어졌을 때는 눈물 콧물 다 빼며 몇 날 며칠을 울었다. 내가 패배를 했다는 것을 인정하기 싫었고, 떨어졌다는 사실 자체가 마음이 아팠기 때문이다. 두 번째 선거에서 떨어졌을 때는 처음보다 눈물이 나지 않았다. '그럴 수도 있지', '아깝네. 조금만 표를 얻었으면 됐을 텐데'라고 생각했다. 남들이 말리는 세 번째 선거에서 떨어졌을 때는 울지 않았다. '더 잘해서 다음 학기에는 꼭

당선돼야지'라고 생각했다.

실패를 하면 할수록 맷집이 생긴다. 그만큼 마음도 단련된다. 하고 싶다 생각하고 도전했던 전교 어린이 회장 선거에 나가 당선에 계속 실패하면서 나도 모르게 마음이 단단해졌다. 문제는 어른이 되면서부터다. 점점 도전하는 것이 두려워졌다. 실패할까 봐 무서웠다. 어떤 날은 고민만 하다가 기회를 놓쳐버리기도 했고, 머릿속으로 상상했다 지웠다를 반복했다. 후회 속에서 살다 보니 실패를 두려워하고 피할수록 그만큼 성장하고 성공할 확률도 적어진다는 사실을 처절하게 깨닫게 되었다. 실패를 두려워할수록 남들과 똑같이 살게 된다. 삶에 안주하게 된다.

19세기 말, 미국 코넬대학교에서 한 연구자에 의해 '개구리 실험'이 진행된 적이 있었다. 연구자는 끓는 물에 개구리 한 마리를 던졌다. 개구리는 바로 튀어 올라왔다. 그 후 다시 개구리를 찬물에 넣고 천천히 그 냄비를 가열하자 타성에 젖어 밖으로 달아나지 않았다. 천천히 온도를 올리는 방식으로 분명 온도가 뜨거워졌음에도 빠져나올 힘을 잃어버린 개구리는 아무 저항 없이 그대로 죽고 말았다. 우리에게도 익히 알려진 실험이다.

이 개구리 이야기는 내가 안주하고 싶을 때마다 정신을 번쩍 들게 한다. 편안한 삶에 안주하며 그런 삶이 주는 안락함이 축복인 줄 알고 살다가 의미 없이 죽음을 맞이할 수도 있다. 소확행을 쫓다가 내가 이 세상에 태어난 이유도 모른 채 긴 세월을 흘러 보내야 할지도 모른다.

회사를 다닐 때 내가 봐왔던 많은 직장인들이 그랬다. 그저 월급의 노예가 되어 하루하루 살아간다. 그러다가 회사 사정이 안 좋아지면 자신의 의지와 관계없이 명예퇴직을 당한다. 잔인하지만 그것이 세상이다.

회사에만 의지하지 않고 이런저런 시도를 해왔던 사람은 그래도 다른 일거리를 만들며 살아간다. 그렇지 못한 사람은 재기하지 못하고 몇 년을 고통 속에서 지내야 한다. 당장의 안락함에 빠져 있다가 새로운 시도를 할 용기마저 잃어버린다. 살아오면서 다양한 도전을 통해 실패를 많이 경험해 보지 못한 사람일수록 갑자기 닥쳐온 고난에 대응하지 못한다.

반면 회사 밖에서 끊임없이 도전했던 사람은 내공이 있어 금방 새로운 것을 찾아 나설 수 있다. 그러니 조금이라도 시간적 여유가 있을수록 더 많이 경험하고 도전하며 실패해야 한다. 실패를 통해 책에서는 배울 수 없는 소중한 삶의 지혜를 배울 수 있기 때문이다.

남들이 부러워하는 외국계 항공사를 퇴사하고 무언가에 다시 도전하려고 했을 때는 실패가 두려웠다. 회사라는 보호막 없이 맨몸으로 새로운 세상을 배우면서 수없이 좌절했다. 안전망 하나 없이 몸으로 부딪치며 배웠다.

첫 책을 내고 전국을 무대로 사람들에게 영감을 주는 강연가가 되겠다고 다짐했지만, 강연 경험의 부족으로 실패했다. 항공사 관련 경력을 살려 시작했던 '여행 프로그램'은 여행사 미팅과 프로그램 기획까지 마쳤지만, 마케팅 실패로 접었다. 파워 유튜버가 되겠다고 시작한 유튜브도 반응이 시원치 않아 잠정 휴업에 들어간 상태이다.

어린아이들을 키우면서도 최선을 다했다고 생각했던 일들이 하나씩 실패가 되어 돌아오니 마음을 다잡는 일이 쉽지 않았다. 하지만 그런 도전과 실패를 통해 회사 밖 세상을 배울 수 있었다. 한 번이라도 해봐서 실수하거나 실패했던 일은 기억에 더 각인되기 때문에 다른 일을 시작하더라도 똑같은 실수나 실패를 반복하지 않을 확률이 높다.

서른 후반에 준비한 일들이 마흔이 되어 하나씩 성과가 되어 현실이 되면서 나는 생각했다. 어린아이처럼 실패를 두려워하지 않는 사람이 되자고. 다양한 실패 경험를 통해 조언을 구했던 사람들은 모두 내면의 힘이 단단했다. 또한 그들은 타인의 실수를 수용하고 있는 그대로 받아들이는 포용력도 가지고 있다.

자기가 해 봤기에 남들의 실패도 허용할 수 있는 관대함이 생긴다. 실패의 가치는 생각보다 높다. 앞으로도 내 삶에 실패를 허용할 생각이다. 그것이 결국에는 나이가 들어도 배우고, 도전하며 살 수 있도록 하는 힘이 되기 때문이다.

그 길이 맞다면 흔들려도 걸어가기를

우리는 살면서 얼마나 많이 주변의 소리에 흔들리며 살아갈까? "그건 아니야." "내 말 들어." 단호하게 말하는 주변 사람들을 많이 본다. 그런 사람들은 남이 하는 일에 쉽게 간섭하고 훈수를 둔다. 자존감이 떨어질 때는 타인의 훈수가 더 크게 들린다. 가볍게 말하는 타인의 말에 내 선택을 쉽게 맡긴다.

많은 사람들이 선택의 갈림길에서 주변의 말에 흔들림을 경험한다. 내가 가고자 하는 방향을 모른 채, 주변의 소리에 흔들리는 이유는 나조차 나의 길에 확신이 없기 때문이다. 생각해 보면 내가 늘 새로운 도전을 시작할 때마다 주변에서 말이 많았다.

"말이 쉽지. 그게 쉽냐?"

"그쪽에서 성공하는 게 얼마나 어려운데. 지금 이대로 살아."

대부분은 부정적인 소리 일색이다. 너무 튀지 말고 조용히 살라는 소극적인 외침이었다. 오랫동안 나 역시 주변과 비슷한 삶을 살려고 노력했다. 남과 비슷한 직업을 갖고, 물에 물 탄 듯, 술에 술 탄 듯 살아 보려고 했다. 그럴 때마다 알 수 없는 내면의 갑갑함이 나를 괴롭혔다. 단순히 먹고살기 위한 일보다 자아실현의 욕구가 더 컸기에 수시로 마음이 아팠다.

나이 마흔이 가까워질 무렵 처음으로 '나만의 길'을 가겠다고 내 자신에게 선포했다. 글로 내가 하고 싶은 이야기를 전하고, 강의로 사람들에게 동기부여를 해 주는 사람이 되겠다고. 먹고사는 일을 좇는 삶이 아닌, 스스로 개척하는 창조적인 삶을 살고 싶다고. 막상 이 사실을 공표하니 또 주변으로부터 온갖 부정적인 소리가 들려왔다. 마음이 약해질 때마다 수 없이 흔들렸다.

'이 길이 맞나?'

'나보다 오래 산 분들이 하는 말이니 그분들의 말을 들어야 하나?'

내 마음속 흔들림을 잡아 준 것은 그 누구도 아닌 '나 자신'이었다. 자기에 대한 믿음이 있다면 내가 가고 싶은 길에 대한 확신이 없더라도 자기 믿음으로 걸어가야 한다. 사람들이 가고 싶은 길 바로 앞에서 주저앉고, 주변의 소리에 흔들리는 이유는 '두려움' 때문이다. 누구나 잘 모르는 세계에 들어서는 것에 두려움을 느낀다. 누군가 잘 닦아놓은 길을 가고 싶지, 내가 앞장서서 길을 만드는 일은 하고 싶어 하지 않는다. 개척자의 삶이 어렵고 힘든 것이 당연하기 때문에 '포기'를 선택한다.

지난날을 돌이켜 보면 돈 때문에 포기했던 일도 있었고, 두려움을 이기지 못하고 그만두었던 일도 많았다. 대학 진학이 그랬고, 미국 유학도 마찬가지다. 현실이라는 무게에 짓눌려 항상 '꿈꾸는 삶'보다 당장의 안락함을 추구했다. 주변 사람들의 이야기에 휘둘렸다.

그러면 눈앞의 이익에 마음이 약해지고 사사로운 감정에 사로잡혔던 나는 어떻게 단단한 내면을 갖게 되었을까? 이유는 단순하다. '흔들림'을 인정하면서부터이다. 길이 보이지 않거나, 흔들릴 때마다 독서를 통해 마음을 다잡았다. 책 속의 주인공들은 하나같이 닮은 꼴이었다. 그들은 흔들리고 실수하고, 다시 일어서고 또 도전하면서, 실수를 줄이고 자신만의 길을 만들어 나갔다. 흔들림을 숙명처럼 받아들이고 인정하는 것이 그들의 공통적인 삶의 태도였다. 사회적으로 성공한 분들 역시 실수하고 흔들리며 자신의 길을 걸어갔다. 흔들림 없이 자기의 길을 찾는 것은 불가능하다.

최근에 알게 된 감동적인 스토리의 주인공이 있다. 바로 〈생각하는 정원〉의 창업주 성범영 원장님이다. 세계적인 정원을 만들겠다는 꿈을 가진 성 원장님은 1968년 제주로 이주했다. 그는 한경면 저지리의 황무지 땅을 직접 개간하여 정원으로 가꾸기 시작했다. 당시만 해도 제주에는 귤 농사로 아이들 대학을 보낼 만큼 귤 농사가 성황을 이룰 때였다. 그런 상황에서 성 원장이 정원을 가꾸겠다고 했을 때 주변 사람들은 '미친 사람'이라며 놀렸다고 한다. 제주도로부터 관광 지원금을 받으려고 신청을 했더니 수익성 없는 곳에서 사업을 하려고 한다며 거절당했다고 했다. 다행히 젊었을 때부터 운영해 오던 와이셔츠 공장이 있어, 그곳에서 벌어들인 자금을 밑천 삼아 〈생각하는 정원〉을 만들기 시작했다.

그의 바람처럼, 생각하는 정원은 '세계에서 가장 아름다운 정원'으로 불린다. 국내보다 해외에서 더 유명해 세계 각국의 정상들이 성 원장의 정원을 보기 위해 제주로 오는 상황까지 벌어진다. 40여 년을 자신의 꿈을 위해 걸어온 그는 이제 미친 사람이 아니라 존경받아 마땅한 사람이 되었다.

그는 자기만의 길을 간 진정한 자유인이다. 주변의 소리에 흔들리지 않았고, 자기 자신과 꿈을 믿고 앞으로 나아갔다. 그 역시 자금이 부족해 어려운 고비를 많이 넘겼다. 그런 어려운 환경에게 얼마나 많은 흔들림을 견뎌 냈을까? 그가 견뎌온 지난 인고의 세월을 생각하면 숙연해진다.

자기만의 길을 간다는 것은 흔들려도 걸어가는 것이다. 도종환 시인의 시에도 나오지 않던가? '흔들리지 않고 피는 꽃이 어디 있으랴?'

그렇다. 꽃이 개화되기 전까지 수없이 흔들림을 이겨냈을 것이다.

'어디로 갈 것인가? 내가 가는 길이 맞는 길인가?'를 고민하며 미리 겁을 먹고 성급하게 판단하지 마라. 만약 내가 가고자 하는 길이 맞다면 흔들림을 인정하고 걸어가라. 내가 이 단순한 진리를 깨닫는 데는 오랜 시간이 걸렸지만 이 책을 읽는 여러분들은 훨씬 일찍 깨닫기를 바란다.

누군가 내게 "두 가지 갈림길에서 선택을 해야 하는 순간이 온다면 어떻게 해야 될까요?"라고 물어본다면, 가보지 않은 길을 가라고 말할 것이다. 해보지 않은 일은 늘 후회를 동반한다. 반면 행동은 후회를 낳지 않는다. 해 보지 않은 것에 아쉬워하지 말고, 자신의 길이 맞다면 그것만 믿고 걸어가 보자. 마지막으로 내가 흔들릴 때마다 나를 다독여 주었던 시 한 편을 소개한다.

가보지 않은 길

프로이트

단풍이 든 숲 속에 두 갈래 길이 있었습니다.

몸이 하나니 두 길을 가지 못하는 것은

안타까워하며, 한참을 서서

낮은 수풀로 꺾여 내려가는 한쪽 길을
멀리 끝까지 바라다 보았습니다.

그리고 다른 길을 택했습니다. 똑같이 아름답고
아마 더 걸어야 될 길이라 생각했지요.
풀이 무성하고 발길을 부르는 듯 했으니까요.
그 길도 걷다 보면 지나간 자취가 두 길을 거의 같도록 하겠지만요.
그날 아침, 두 길은 똑같이 놓여 있었고
낙엽 위로는 아무런 발자국도 없었습니다.
아, 나는 한쪽 길은 훗날을 위해 남겨 놓았습니다.
길이란 이어져 있어 계속 가야만 한다는 걸 알기에
다시 돌아올 수 없는 거라 여기면서요.

오랜 세월이 지난 후 어디에선가
나는 한숨지으며 이야기할 것입니다.
숲 속에 두 갈래 길이 있었고, 나는
사람들이 적게 간 길을 택했다고
그리고 그것이 내 모든 것을 바꾸어 놓았다고.

사람마다 각자의 속도가 있다

괴테는 말했다. '삶은 속도가 아니라 방향'이라고. 아쉽게도 우리는 이 중요한 사실을 잊고 살아간다. 타인의 기준으로 삶을 바라보고 남의 속도에 맞춰 살아가느라 어정쩡한 걸음걸이로 말이다.

초등학교 5학년 때로 기억한다. 반 대표로 오래달리기 대회에 참가한 적이 있다. 각 반에서 세 명의 대표가 선출되었다. 규칙은 간단했다. 약 20여 명의 학생들이 운동장을 여섯 바퀴 달리는데, 가장 빨리 들어오는 세 명의 학생에게 상품이 주어지는 대회였다.

"애들아. 다른 사람보다 앞서 달리려고 하지 말고, 천천히 너만의 속도로 달려. 그리고 마지막 여섯 바퀴를 돌 때는 있는 힘껏 속도를 내! 알았지?"

"네 선생님!!"

담임 선생님은 우리 반 대표 주자에게 오래달리기에서 성공하는 법을 넌지시 알려주었다. "준비! 땅!" 총소리가 들리고 20여 명의 학생들이 일제히 출발했다. 처음부터 욕심을 내어 달리는 선두주자부터 천천히 속도를 내는 아이들까지 제각각이었다. 나는 눈치를 보며 중간 정도의 포지션을 유지했다. "헉헉!" 세 바퀴 정도 돌자 여기저기서 거친 숨소리가 들려왔다.

네 바퀴째 돌면서 여러 명이 달리기를 포기하고 레인 밖으로 밀려났다. 다섯 바퀴를 돌면서 갑자기 내 뒤를 달리던 아이들이 나를 앞지르기 시작했다. 순간 페이스를 조절하며 달리던 나는 조바심이 나기 시작했다. 앞으로 한 바퀴 반밖에 남지 않은 상황이었다. 갑자기 숨이 차오르고 도저히 속도를 낼 수 없었다. 달리기의 속도를 내려고 할수록 가슴이 답답해 오히려 숨을 쉴 수 없는 지경에 이르렀다. 손을 들어 선생님에게 SOS를 요청하며 포기를 선언했다. 레인 밖으로 나와서야 비로소 제대로 숨을 고를 수 있었다. 결국 나는 나의 속도를 지켜내지 못하고 오래달리기에서 실패했고, 뒤에서 달리던 친구들이 마지막 레이스에서 속력을 내며 순위권에 들었다.

선생님은 마지막 한 바퀴를 남기고 포기한 나를 안타까워하셨다. 나 역시 우승은커녕 중도 포기한 스스로에게 화가 나서 펑펑 울었다.

어릴 때 겪었던 일이지만 아직까지 생생하게 기억이 난다. 살면서 그 때 담임 선생님께서 해 주신 말씀을 여러 차례 되새김질을 하게 된다.

"남보다 앞서 달리지 말고, 너만의 속도로 가!"

오래달리기 경주뿐만 아니라 세상살이에 모두 적용되는 말인 듯싶다. 《꽃들에게 희망을》이라는 책을 보면, 하나의 고지를 위해 애벌레들이 앞다투어 정상에 오른다. 남을 밟고 올라가서야 정상까지 올라갈 수 있기에 애벌레들은 서로 밟고 올라서면서 위로 올라가야 한다.

이 책의 애벌레들은 우리의 삶과 닮아 있다. 치열한 경쟁 사회는 남과의 속도를 비교하고 자신의 목표점이 어딘지도 모르면서 달려가도록 종용한다. 어린 시절에 내가 나의 속도를 무시한 채 나를 앞지르는 친구를 이기려다 제풀에 지쳐 포기한 것처럼 책의 애벌레들도 다른 애벌레를 따라가다 죽음을 맞이한다. 우리도 삶도 마찬가지다. 남과 끊임없이 비교하며 정상을 향해 달려가다 지쳐 쓰러진다.

어릴 적 친구 중에 유난히 느린 친구가 있었다. 말도 느리게 했고, 행동도 느렸다. 그에 비해 나는 말도 빠르고 행동도 빠른 편이었다. 그녀는 친정 엄마의 친구 딸이었다. 친구 엄마는 항상 나와 그 친구를 비교했다.

"희경이는 야무지게 자기 할일 다 알아서 하고 공부도 잘하고, 부모님도 도와주는데…. 우리 아이는 커서 뭐가 될지 모르겠다."

내가 상대적으로 당신의 딸보다 잘났다고 생각했던 것 같다. 어릴 적 욕심 많고 남과의 경쟁에서 지기 싫어하는 나의 성격이 그때는 학업 성적의 성과로 보였을 뿐이었다. 나는 고등학교에 진학하면서 점점 공부에 흥미를 잃어갔고, 느렸던 친구는 그때야 공부에 흥미가 생겨 무섭게 공부에 매진했다. 결국 그녀는 중학교 때까지는 두각을 보이지 못했지만 고등학교에 가면서 상위권으로 올라갔다. 지금은 초등학교 교사가 되어 아이들을 가르치고 있다. 그녀는 느렸지만 자신만의 속도로 살아내던 아이였다.

반면 중·고등학교 내내 전교 1, 2등을 하던 친구도 있었다. 머리가 좋은지 학교에서는 공부하는 모습을 보이지 않았던 그녀는 매번 전교 상위권을 유지했다. 예상대로 명문대 법학과에 진학했다. 하지만 몇 번 사법고시에 실패하면서 인생이 흔들리기 시작했다. 그때부터 그녀는 뒤늦은 방황을 시작했다. 미국 유학에서 삶의 전환점을 찾았지만, 그것마저 마음대로 되지 않은 모양이다. 지금은 고향에 내려와 다른 삶을 준비하고 있다.

학창 시절의 상황으로만 본다면 전교 1, 2등을 하던 친구가 눈부시게 성공적인 삶을 살아야 할 것이다. 현재까지만 본다면 아쉽게 그렇지 못하다. 두 친구의 삶을 멀리서 지켜보면서 나는 다시 한번 삶의 속도는 제각각이라는 것을 인정하게 되었다. 무엇보다 중요한 것은

'자신만의 속도로 삶을 살아내는 것'이라는 것이다.

SNS가 발달하면서 우리는 타인의 속도와 비교하는 삶을 살고 있다. 나와 남을 비교하고, 타인과 또 다른 타인을 비교한다. 그럴 때 일수록 나의 속도를 유지하는 것이 얼마나 어려운 일인지 깨닫는다.

얼마 전 SNS를 시작한 친구가 도저히 스트레스 받아서 못하겠다며 연락이 왔다. 화면 속에 비친 타인과 자신이 비교가 돼서 한없이 초라하게 느껴진다고 했다. 친구는 자신도 모르게 비슷한 또래의 엄마들 중 잘나가는 사람과 비교하며 스트레스를 받았다.

학교나 직장에서 벗어난 어른의 삶의 레이스는 온전히 혼자 목적지까지 가야 하는 경주이다. 내가 초등학교 때 했던 달리기처럼 다른 반 아이들보다 빨리 결승점에 도달해야 상을 타는 경기가 아니다. 인생은 마라톤과 같다는 생각으로 접근해야 다음 레이스에 도전하기 쉬워진다. 막 시작점에 서 있는 나를 일찍 자리를 잡은 사람과 비교하면, 도전은 엄두도 못 낼 일이 되어버린다.

이제는 나만의 페이스로 경주를 시작해야 할 때다. 대학교 동창의 이른 성공에 배 아파하지 말고, 옛 회사 동료가 잡은 기회를 따라잡으려고 하지 말자. 나의 속도대로 걸어가다 보면, 기회라는 행운은 나의 몫이 될 것이다.

타인과 다름을 인정하라

영어에 'abnomal'이라는 단어가 있다. nomal(평범한, 정상적인)이라는 어휘 앞에 ab이라는 접두어가 붙여져 abnomal(평범하지 않은)이라는 단어가 만들어졌다고 한다.

중학교 3학년 때였다. 영어 시간에 처음으로 abnomal을 배웠다. 친한 친구 중 한 명이 "야! 우희경! 너를 설명해 주는 말이네. abnomal 딱 너잖아. 하하하"라고 말하는 것이 아닌가.

그렇다. 나는 친구들 사이에서 소위 '튀는 아이'였다. 튀는 아이라고 해서 화려하게 치장하는 학생이 아니라 생각이나 행동이 튀는 학생이었다. 그때는 그런 '다름'을 인정하는 것이 어려웠던 기억이 있다. 예민한 사춘기 시절에 튀는 친구는 그리 환영받지 못했기 때문이다. 늘 친구들의 리더 역할을 자청하며 살았기에 정작 내게는 중학교 때까지 친한 친구도 없었다.

"너는 어느 별에서 왔니?", "너 외계인이야?" 이런 말을 가장 많이 들었다. 그도 그럴 것이 나는 기존의 사고 방식과 권위 의식에 반항하면서 자기 표현도 강한 아이였다. "왜 대학에 가야 돼요?", "학생이 머리가 짧다고 공부를 잘하는 건 아니잖아요?" 이런 엉뚱한 질문을 많이 했다. 그러니 자연스럽게 '엉뚱한 아이', '튀는 아이'가 되었다.

그럭저럭 눈치 보며 살던 내가 성인이 되면서 또다시 이러한 상황에 부딪쳤다. 아이들이 커가면서 사귀게 된 아이 친구 엄마들과 교류하며 나는 또 혼란에 빠졌다. 내가 만나는 엄마들의 관심사는 나의 관심사와 코드가 맞지 않았다. 시댁 욕으로 시작해 자식 자랑을 끝나는 대화에 도저히 공감하며 대화를 이어나갈 수 없었다. 나는 미래의 비전 이야기를 했고, 책과 글쓰기를 말하고 싶었다. 관심 분야가 다른 이들과 사귀면서 "우주 엄마는 엄마 아니야? 뭐 그렇게 유별나?"라는 소리를 들었다. 한동안 그런 이야기들에 귀를 기울이면서 마음이 아팠다. '왜 나는 이렇게 어울리는 일에 자신이 없을까'하고 고민도 많이 했다. 어릴 때 들었던 '유별나다'라는 소리를 엄마가 되면서까지 들어야 하나 하는 자괴감도 들었다.

사색을 하며 나에게 발생하는 일들을 되돌아보며 나는 한 가지 사실을 깨달았다. 바로 '타인과의 다름을 인정하라'였다. 우리는 주입식 교육을 통해 어릴 때부터 정답을 요구받으며 살았다. 시험 문제지에 적혀 있는 것들 중에서 정답만을 골라야 시험에서 좋은 성적을 받을 수 있었다. 그런 문화에 길들여져 살다 보니 '남과 다른 삶'보다 '남과 비슷한 삶'을 사는 것이 안정적이라는 느낌을 받으며 커 왔다.

남과 다르다는 것은 'wrong(잘못된)'이 아니다. 그저 'different(다른)'한 것이다. 세상에 흑인, 백인, 황인종이 있는 것처럼. 아프리카에 가면 백인이나 황인종이 튀는 것처럼 내가 속한 세상에 따라 '나'라는 사람은 충분히 다른 가치로 평가될 것이다. 그 누구도 그것을 비난할 수는 없다. 그래서 '다름'을 인정하는 열린 태도가 필요하다.

작년에 새로운 곳으로 터전을 옮겼다. 나는 제주도 서귀포라는 시골 마을에서 태어나 '다양성'을 수용하지 못하는 곳에서 자랐다. 엄마가 되어 보니 내 아이들에게는 어릴 적부터 다양한 사람들과 어울리며 자라게 하고 싶은 마음이 있었다. 이사 온 곳은 그런 나의 마인드와 잘 맞는 곳이다. 제주도이지만 전국 각지에서 혹은 해외에서 살다 오신 분들이 모여 사는 곳이었다.

한 번은 아이들과 동네 놀이터에 놀러 갔다. 아이들과 그네를 타며 놀고 있는데, 옆에 흑인 아빠와 남매들이 공놀이를 하고 있었다.

"애들아. 저 친구들하고 같이 놀아."

"엄마, 무서워. 얼굴이 까맣잖아요."

"무서운 아이들 아니야. 더운 나라에서 와서 얼굴이 까만 것뿐이야. 우리랑 똑같아. 생긴 것만 다른 것뿐이야."

태어나서 흑인을 처음 본 아이들은 얼굴색이 다른 친구들과 어울리기를 꺼려 했다. 내가 먼저 흑인 남매 아빠와 이야기를 하면서 아이들의 긴장감도 조금씩 사라졌다. 물론 다른 친구들처럼 어울려 놀지는 못했다. 집에 돌아와서 큰아이가 책 한 권을 가져오며 말했다.

"엄마, 오늘 놀이터에서 본 친구들, 이 책에 나오는 마이클하고 똑같아요. 혹시 케냐에서 온 친구예요?"

"아니, 미국에서 왔대."

"근데 왜 우리랑 다르게 생겼어요?"

"다른 나라에서 온 친구들은 우리랑 다르게 생길 수도 있어."

그제야 큰아이는 흑인 친구와의 '다름'을 조금 받아들이는 듯했다. 얼굴의 생김새에서부터 성격이나 행동의 다름을 인정하는 것은 생각보다 어려운 일이다. 나에 대한 자존감이 있어야만 타인을 인정할 수 있는 '포용력'이 생기기 때문일 것이다. 타인의 다름을 인정하기 전에 '나' 역시 타인과 다를 수 있다는 것을 인정하다면 더 편하게 삶을 살아갈 수 있지 않을까.

요즘처럼 '개성을 중시하는 사회'에서 오히려 남과 다르다는 것은 큰 장점이다. 자신의 개성을 장점으로 승화시킨다면 기회에 더 많이 노출될 것이고, '나만의 삶'을 살 수도 있다.

지난날 나는 타인과의 다름을 스스로 인정하지 못해 '남과 다르다'는 주변의 비난에 괴로워했다. 그런 비난에서 자유로워지기 위해 그들의 기준과 바람대로 나를 몰아세운 적도 있었다. 그럴수록 내 방향성은 흔들리기만 했다. 결국 삶이란 똑같을 수도 없고 다 같은 생각을 하며 살 수도 없다. 대다수가 옳다고 여기는 보편적인 생각이 있을 수는 있지만 그것이 꼭 '옳음'은 아닐 수 있다. 어떤 누군가가 손가락질 하는 것도 나의 문제가 아닐 수도 있다. '다양성'을 보지 못하는 편견일 수도 있다.

'어떻게 보이고 싶다'에 집중하지 말고 '나는 그냥 나'라는 마음으로 살아간다면 남과의 다름을 인정하고 자신을 '있는 그대로'로 받아들일 수 있지 않을까. 간혹 그런 생각을 한다. 만약 어른들에게 '남의 눈치 보지 말고 하고 싶은 대로 살아 보라'고 해 보면 어떨까. 이것 저것 따지고 계산하지 않을 자유가 주어진다면 아이처럼 꿈을 꾸고 살아가지 않을까.

다른 것은 틀린 것이 아니다. 그저 주변의 평가와 많은 사람들이 머릿속에 새겨진 편견이 내가 '틀리다'고 인식하게 할 뿐이다. 새로운 꿈을 꾸고, 그것을 이루기 위해서는 '나'의 다름을 인정하는 것. '나'를 지키기 위해 애쓰며 살아가는 것. 그거 하나면 충분하지 않겠는가.

당신의 존재 그 자체가 귀하다

나는 전공인 중국어를 살려 외국계 항공사에서 첫 사회생활을 시작했다. '서비스'를 기반으로 하는 항공사는 신입 사원이 자신을 낮추지 못하면 버티기 힘든 업종 중의 하나이다. 항공사 업무는 조직의 상하 관계가 엄격하고, 작은 실수 하나로 선배들에게 꾸지람을 듣기 일쑤이다. 항상 고객의 말을 경청해야 되는 인내심이 필요한 일이다.

어릴 때부터 자존심이 강했던 내가 이런 항공사 일에 적응을 하는 것은 쉽지 않았다. 자기 주장이 강한 성격은 항상 윗사람과 부딪쳤고, 고객과의 마찰도 피할 수 없었다. 특히 부당함을 보고도 그르다고 말하지 못하는 것이 항상 답답했다.

신입사원 시절, 업무 회의 시간이었다. 당시 내가 근무했던 회사는 수속 시스템의 잦은 오류로 승객 정보 전송에 많은 문제가 있었다.

승객 정보는 국가 간 승객의 데이터를 분석하는 자료로 쓰인다. 그 때문에 각 항공사에서는 승객 정보(APIS)를 국가 기관(법무부, 세관, 검역)에 전송할 의무가 있다. 문제는 내가 소속된 회사는 중국계 항공사여서 우리나라보다 IT 기술이 떨어졌다. 그 때문에 승객 데이터의 정보 역시 정확하지 않았다. 그래서 데이터의 정확성을 높이기 위해 직원이 수기로 승객 정보를 입력해야만 했다.

이런 불편함은 업무의 과중으로 이어졌고, 컴퓨터가 분석해야 될 정보를 사람이 하다 보니 정확도도 떨어졌다. 단순한 승객 정보를 수기로 작업한다는 것은 손은 많이 가는 반면 효율성은 떨어진다. 손이 많이 가는 일은 항상 신입 사원의 몫이었다. 평소 꼼꼼한 성격의 소유자가 아닌 나는 실수가 잦은 편이었다. 이런 문제는 업무 회의의 화젯거리가 되었고, 나는 신입 사원이었지만 업무의 불편함을 호소하면서 시스템 개발을 요구했다.

"회사에서 시스템 업그레이드에 좀 더 신경을 써 주셨으면 좋겠습니다."

"시스템은 비용 문제 때문에 할 수 없다. 네가 더 정확하고 꼼꼼하게 데이터 분석을 해라."

"승객 데이터 분석은 시스템 문제가 해결되면 5분 안에도 할 수 있는 일입니다. 그것을 사람이 하면 2시간 이상이 소요돼요. 효율적이지 않아요. 장기적으로 봐도 수속 시스템 개발이 더 시급하니 본사에 의견을 내 주세요."

"안 된다. 시키는 대로 해라. 이래서 여자도 군대에 다녀와야지. 원, 시키는 대로 하지 않을 거면 네가 회사를 나가야지."

전체 회의에서 굴욕감을 느낀 나는 회의가 끝나고 몰래 화장실에 가서 울었다. 나의 의견이 존중받지 못했다는 것이 분했고, 신입 사원이라는 이유로 회의에서 자신의 의견을 펼치지 못한 것이 부당하다고 생각했다. 이날은 하루 종일 회의에서 깨지고, 고객들로부터의 클레임도 유난히 많은 날이었다.

"야!! 왜 이렇게 비행기가 지연이 많이 돼?"

"사람이 이렇게 밀렸는데, 직원 배치가 엉망이잖아!"

심할 때는 승객들로부터 욕설을 들을 뿐만 아니라 밀쳐지는 등의 행위도 당했다. 클레임 중 대부분은 직원 역량과는 관계없는 회사의 시스템과 관련된 것이었다. 잘 알지도 못하는 사람들에게 매일 클레임을 듣는 일은 내게는 큰 곤욕이었다. 더군다나 이런 일을 당할 때마다 내가 존중받지 못하는 사람이라는 사실에 자존감이 뚝뚝 떨어졌다.

퇴근 후, 몸과 마음이 지칠 때로 지친 나는 버스 대신 택시를 탔다. 억울하고 분한 마음이 채 가시지 않아 친구에게 전화를 하며 울분을 토하며 울었다. 마음을 진정시키고 통화를 마친 순간, 택시 기사 아저씨가 한 마디 건넸다.

"얼굴에 귀함이 가득한데, 귀한 아가씨가 무엇이 억울해서 그리 슬피 우나요?"

"정말요? 제가 귀하게 생겼어요? 그런데 왜 다들 저를 무시할까요?"

"아가씨, 세상에는 상대방의 귀함을 보지 못하는 사람도 있어요. 반면, 저처럼 볼 수 있는 사람도 있어요. 아가씨는 존재 자체가 귀한 사람이요. 앞으로 더 귀한 사람이 될 거요. 오늘 무슨 일이 있었는지는 모르겠지만, 잊어버리세요. 아가씨를 알아주는 세상으로 가면 됩니다."

회사에서 집으로 돌아오는 길. 그 짧은 시간 동안 나는 스쳐 지나가는 인연이었던 택시 기사님에게 세상에서 가장 값진 대접을 받았다. 그때 택시 기사님이 나에게 건넸던 몇 마디는 퍼스트 클래스 승객보다 귀한 대우였다.

그 일이 있은 후부터 나는 마음을 고쳐먹었다. 고객을 더 귀하게 대하는 마음을 갖게 되었고, 그럴수록 내 마음도 행복했다. 한 사람

한 사람을 귀하게 여기는 마음이 그런 대우를 받은 사람에게 사랑과 존귀함으로 피어난다는 사실을 그때 알았다. 모든 사람은 존재 자체로 귀하다. 내가 임신했을 때만 떠올려 보아도 내 속에 하나의 생명체가 왔다는 사실 하나만으로도 축복 그 자체였다. 아이가 태어났을 때는 '아기'라는 존재 자체가 귀함이었다.

언제부터인가 살다 보니 '사람'이라는 존재의 귀함은 사라져 버렸다. 자신의 존재를 있는 그대로 사랑해 주고 인정받기를 원하는 욕구는 누구에게나 있다. 그런 인정의 욕구가 사람들에 의해 거부당하면서 나 스스로 내가 귀한 존재임을 잊고 살아간다.

성인이 되어 나름대로 자신의 삶을 꾸려나가기 위해 가장 필요한 것은 자존감이다. '스스로를 존중하는 마음'인 자존감은 스스로 존재 자체를 귀하게 여기는 마음에서 시작한다. 어른살이를 하며 사람들과 부딪치면서 이 자존감은 땅바닥까지 떨어지기도 하고, 그 속에서 헤어 나오지 못해 평생 자신의 잠재력을 발휘하지 못하며 살아간다. 나를 잘 알지도 못하는 사람들이 나의 일부를 보고 던지는 말만 듣고 스스로 '나는 가치 없는 존재다'라고 단정짓는다. 내가 나의 한계를 깨기도 전에 남이 정해 놓은 한계에 갇혀 버린 셈이다.

지난날을 떠 올려도 가장 아쉬운 것인 있다면, '나'를 지켜내지 못한 마음이었다. 나에 대한 사랑이 부족해서 나의 가치를 남에게 맡기지 않았나 싶다. 결국 돌아온 것은 가슴을 파고드는 상처였고 그 상처가 아물기까지 꽤 오랜 시간을 고통받아야 했다.

타인으로부터 '나'를 지키는 힘은 '나의 존재'를 귀하게 여기는 마음뿐이다. 그 누가 뭐라고 하든지 간에 스스로를 귀하게 여기는 사람이 되어야 한다. 아쉽게도 이런 마음은 시간이 지날수록 무너지기 시작한다. 원초적인 생존 활동에 치중하면서 나의 존재 이유도 모른 채 세상에 휩쓸려 살아가게 만든다.

분명 우리도 이 세상에 태어났을 때는 부모님에게는 큰 축복이고 귀하디 귀한 존재였다. 어른이 되면서 아이들의 부모로, 누군가의 아내와 며느리로 살다 보니 때로는 존재 자체를 거부당하게 된다. 내가 사회 초년생 시절에 겪어야 했던 사회적 약자로서 받아야 하는 수모나 고통은 삶의 중반을 넘어가는 나이에도 엄연히 존재한다. 위에서도 치이고, 아래에서도 치인다. 가장 빛나야 할 인생의 중반기이지만 사회로부터 책임 지워진 많은 역할을 해내야 하기에 '나의 존재'가 흔들리는 나이이기도 하다. 그럼에도 기억해야 한다.

"당신은 존재 자체가 귀한 사람입니다. 그 사실만은 잊지 마세요."

혼란 속에 답이 있다

지금처럼 책을 읽고, 글을 쓰는 삶을 살기 전까지만 해도 나는 늘 혼란스러웠다. 내가 하는 선택이 옳은 건지 확신이 들지 않아서 혼란스러웠고, 불투명한 나의 미래는 두렵기만 했다. 내 인생을 제대로 볼 수 있는 통찰력이 부족했기에 이미 벌어진 과거를 후회하며 살았다. 내게 주어진 삶의 무게는 버겁기만 했다.

나이 마흔에 가까워지면서 사춘기 소녀처럼 혼란에 빠졌다. '나의 진로'에 대한 고민과 혼란이었다. '마흔 이후, 나는 어떤 삶을 살 것인가?' 나에게 던져진 이 질문의 해답을 찾으려고 고뇌했다. 선인들의 지혜를 찾아보고, 앞서간 인생의 선배들을 만나면서 명확한 답을 갈구했다. 그때 내 마음은 '불안'으로 가득 찼다. 보이지 않는 길을 걸어가는 느낌이었고, 누군가 건드리기만 하면 울음이 터져 나올 것 같았다.

나를 지배했던 '불안'이라는 감정은 마음의 동요를 일으켰고, 혼자 걸어가고 있는 미지의 세계가 혼란스러웠다. 오랜 사색을 하며 내가 깨달은 사실은 내가 '나'라는 사람을 하나의 단어로만 정의하려고 했다는 것이다. 나를 표현해 주는 어휘가 5지 선다의 정답처럼 단 하나의 어휘로 정해지기를 바랐던 것이다. 내가 원하는 직업 또한 오직 하나여야 한다고 생각했다. 그런 정형화된 생각이 나에게 혼란을 가져왔다. 생각의 물줄기가 많으면 결코 한 방향으로 흐를 수는 없는 법이다. '혼란은 나쁘다'라고 생각하여 하루 빨리 복잡한 생각을 정리하고 마흔 이후의 내 삶과 나를 정의하고 싶었다.

몇 년간 번잡한 내 마음을 잠재우려고 의식의 흐름대로 책을 읽고 글을 썼다. 마음이 이끄는 대로 강의안을 만들고 사람들에게 글쓰기 강의를 시작했다. '비슷한 것은 서로 끌어당긴다'는 말처럼 나와 비슷한 사람들이 모이기 시작했다. 내가 몇 년 전에 했던 고민을 안고 말이다. 그들은 나에게 '마흔 이후의 삶에 대한 고민'을 털어놓았다. 글쓰기를 통해 그들의 마음을 들여다보게 되었다.

"마흔이 넘어서야 진짜 내 인생을 고민하게 되었어요."

"내일모레가 마흔인데, 어떻게 살아야 할지 혼란스러워요."

그들도 역시 과거의 나와 같은 마음이었다.

혼란은 좋은 것이다. 생각하는 삶을 살기에 혼란을 느끼는 것이다.

우주가 생성되기 전에 무질서한 상태인 카오스(chaos)가 존재했다. 사람도 마찬가지다. 독일의 대표적인 문학가 헤르만 헤세의 《황야의 늑대》라는 책을 보면 이런 구절이 나온다.

> "그러나 실제로는 그 어떤 나도, 심지어 단순한 나조차도 하나의 통일된 존재가 아니다. 나는 지극히 다채로운 세계이며 하나의 작은 우주다. 수많은 형식과 단계와 상태들. 물려받은 유산과 가능성이 혼란스럽게 뒤섞인 카오스다."

그렇다. '나'는 다채로운 세계이며 하나의 작은 우주이기 때문에 한 단어로 규정할 수 없는 존재이다. 카오스는 무질서 속에서 나름대로 질서가 있다. 사람 역시 혼란의 시기를 거쳐야 자신이 원하는 방향성을 찾아내게 된다. 사춘기 아이처럼 마흔 앓이를 겪어야 또 다른 나를 찾을 수 있다.

지인인 현정이(가명)는 마흔이 가까워지면서 진짜 자신에 대해 생각하게 되었다고 한다. 그 과정 속에서 사춘기 소년처럼 '나는 누구인가'에 대한 혼돈을 겪었다고 했다. 그녀는 나를 만날 때마다 "언니 저 네일 아트 배워 볼까 봐요." 하고 말하더니, 그다음에는 "언니, 아무리 생각해 봐도 무인 카페가 좋을 것 같아요"라고 말한다. 그녀는 두 번째 삶을 설계하고 싶었지만 명확한 목표가 없어 혼란스러워했다.

그런 현정이를 보며 요즘 한창 사춘기인 조카 생각이 났다. 큰 조카는 초등학교 고학년에 올라가면서 한 달에도 여러 번 꿈이 바뀌고 있다. 한 번은 부모님처럼 공무원을 하겠다고 하더니, 또 한 번은 유튜버가 꿈이라고 한다. 다음 번에 만날 때는 이모처럼 작가가 되겠다고 말한다. 그뿐만 아니라 내가 보기에는 별거 아닌 일에 화가 나서 심통을 부린다.

"엄마는 왜 나한테만 화내?"
"엄마는 왜 내 마음 몰라줘?"
"나 기분 안 좋아. 아무도 건들지 마."
"나 혼자 있고 싶어. 다 나가 줘."

영락 없는 사춘기 소녀이다. 하루에도 몇 번이나 마음이 바뀌는 큰 조카를 보면서 '질풍노도의 시기'라는 말이 딱 맞는다는 생각을 한다. 큰조카는 어린이에서 어른으로 되어가는 중에 혼란의 시기를 겪고 있는 것이다. 가끔 큰조카와 소통이 안 되는 언니가 나에게 하소연을 한다.

"얘가 누굴 닮아서 이런지 모르겠어. 마음이 왔다갔다 하고. 하고 싶은 직업이 열두 번도 더 바뀌어."

"언니, 생각해 봐. 언니도 어릴 때 하고 싶은 일이 여러 번 바뀌었어. 언니 취준생 시절에도 나한테 말한 직업만 다섯 개야. 결국에는 여러 번 시도 끝에 지금 언니에게 잘 맞는 직업을 선택했잖아. 애들은 어쩌겠어. 당연히 지금은 탐색을 해야 되는 시기니까 그렇지."

사춘기 소녀인 큰조카처럼, 다시 새로운 일을 시작하는 사람이라면 누구나 혼란스럽다. 자기에게 잘 맞는 일을 찾는 일은 더욱 그렇다. 그런 일을 찾기까지 수없이 방황하고 혼란을 겪어야 한다. '나'를 둘러싸고 있는 여러 개의 재능과 능력이라는 점들을 하나의 선으로 이어 입체적인 면이 되기까지 시간이 걸린다. 그런 혼란 속에서 나에게 맞는 답을 찾아간다. 그것이 당연한 이치다.

돌이켜 보면, 나 역시 가야 될 방향이 보일 때까지 여러 번의 삽질을 경험할 수밖에 없었다. 직장 일을 하면서도 옷가게를 창업했고, 피부관리사 자격증을 땄으며, 강사 활동도 했다. 그렇게 여러 번의 시도 끝에 나에게 맞는 직업을 보는 안목이 생겼다. 사람은 자기가 경험하고 느꼈던 만큼 아웃풋을 할 수 있다. 두 번째 삶을 위해 나에게 잘 맞는 직업이나 삶의 지표를 알려면 많은 것을 경험하고 알아내야 한다.

다양한 경험을 하지 못한 사람들은 보통 세상이 정해 놓은 '틀'을 벗어나는 것을 두려워한다. 비슷한 나이에 대학 교육을 받고, 취업을 하고 결혼하길 바란다. 남들이 좋다는 대기업이나 공기업에 들어가

비슷비슷한 삶을 살면서 안정감을 느낀다. 자기 삶에 대한 고민이나 정체성의 혼란을 느낄 틈도 없이 매일 아침 일어나 지하철을 타고 출근을 했다가 밤늦게까지 일하면서 하루를 마감한다.

나 역시 이런 생활을 오랫동안 해 왔기에 큰 불편함 없이 안정적으로 삶을 꾸렸다. 늦게라도 정체성에 대한 '혼란'을 느꼈기에 남과는 조금 다른 삶을 살 수 있었다. 혼란의 경험이 없었더라면 비슷한 삶에 문제점을 느끼지 못하고 다람쥐 쳇바퀴처럼 살다가 생을 마감했을지도 모를 일이다. 다행히 나는 혼란을 느꼈고 그때마다 사색을 하며 삶의 지표를 찾아갈 수 있었다.

혼란 속에 답이 있다. '나'라는 다채로운 세계인 소우주를 충분히 탐사하고, 자신의 가능성에서 앞으로 나아가야 될 방향이 보일 때까지 기다리면 된다. 그것으로 충분하다. 혼란 속에서 스스로 답을 찾아갈 것이다.

무소의 뿔처럼 혼자서 가라

살다 보면 '내가 가는 길이 맞는 것인가?'에 대한 의문이 들 때가 있다. 특히 다수가 가지 않는 길을 가다 보면 그렇다. 많은 사람들이 가는 길은 심리적으로 '안전하다'라는 생각이 든다. 웬만큼 신념을 가지고 있지 않다면 소수가 택한 길을 가기란 쉽지 않다. 묵묵히 혼자 자신만의 길을 걸어간다는 것은 주변의 반대와 우려를 이겨내야 하는 용기가 필요한 일이다.

나 역시 주변 사람들이 가지 않은 길을 혼자 가는 사람 중 한 명이다. 아이를 키우면서 책을 쓰고 강사를 준비할 때였다. 최근 몇 년간 낮에는 육아를 했고, 밤에는 책을 읽고 글을 쓰면서 미래를 준비했다. 육아와 살림을 하기에도 빠듯했지만, 시간을 쪼개면서 공부를 했다. 당연히 외출하는 시간을 아껴야 했다. 아이들의 친구 엄마들과 함께 만나 공동육아를 하고, 미주알고주알 수다를 떠는 시간조차 내게는 사치였다. 점점 아이들의 친구 엄마들과 멀어지면서 나는 외톨이가 되었다. 나 홀로 보이지 않은 미래를 찾는다고 고군분투하는 것처럼 보였던지, 주변 사람들이 비웃기 시작했다.

"쓸데없는 일에 에너지 낭비한다."
"네가 가고 싶은 길이 어디 쉽니? 쉬우면 다 했지!"

그때 나는 모든 열정을 육아와 나의 성장에 불태웠다. 정신 나간 사람처럼 어린아이 둘을 키우면서 시간만 나면 책을 읽었고, 읽은 내용을 잊을까 봐 글로 남기는 일을 했다. 그당시만 해도 열심히 하기는 했지만 그런 시간들이 나의 인생을 바꾸지는 못했다. 남들이 보기에는 소위 '돈 안 되는 쓸데없는 일'을 하는 사람으로 보일 뿐이었다.

나라고 흔들리지 않았던 것은 아니다. 흔들릴 때마다 나를 붙잡아 준 것은 선인들의 귀한 말씀이었다. 불교에 "제행이 무상하니, 방일하지 말고 정진하라"라는 말이 있다. 부처가 열반하기 전 최후의 유훈처럼 남긴 말이라고 한다. 즉 "모든 것은 변한다. 게으름 없이 정진하라"라는 의미와 같다.

몇 년간 보이지 않는 미래를 위해 투자하는 시간들이 안갯속을 헤매는 것 같아 가슴 졸였다. 다행히도 '인내의 시간'을 3년 정도 보내고 나서야 새로운 직업으로 세상과 교류할 수 있었다. 차올랐던 내 생각을 때로는 책으로, 강의로 풀어내면서 내가 바랐던 '책을 쓰고 강의하는 사람'이라는 꿈을 이룰 수 있었다. 그제야 부처의 가르침인 '무소의 뿔처럼 혼자서 걸어가라'라는 의미가 가슴 깊이 다가왔다.

생각해 보니 한 분야에서 일가(一家)를 이룬 사람들은 모두 혼자 묵묵히 정진한 사람들이다. 자신의 신념을 믿고 일정 시간 외로움을 견뎌낸 사람이었다. 무리에 휩쓸리지 않고 옳다고 생각하는 일에 자신의 모든 것을 바쳤다.

며칠 전 가족들과 들렀던 관광지가 있다. 〈카멜리아 힐〉이라는 곳이다. 내가 살고 있는 제주에서 '겨울철 꼭 가 볼 만한 곳'으로 손꼽히는 곳이다. 전국에서 유명세를 타 제주에 놀러 오는 웬만한 사람들이 다 아는 곳이기도 하다.

그곳에서 〈카멜리아 힐〉을 만든 양언보 회장의 이야기를 듣게 되었다. 양언보 회장은 40년 전부터 후세대에 남길 만한 〈동백 동산〉을 만들기 위해 부지를 사들이면서 준비를 했다고 한다. 또한 사비를 털어 직접 500여 종, 6천 그루의 동백나무를 심어 조성한 곳이 바로 〈카멜리아 힐〉이라고 한다. 사람들에게 즐거움을 주는 〈동백 동산〉을 만들기 위해 그는 25년의 시간 동안 갈고닦았다고 했다. 자신의 신념을 믿고 25년의 인내의 시간을 견딘 것이다. 그는 지금의 아름다운 〈카멜리아 힐〉을 만들기 위해 오랜 시간 무소의 뿔처럼 혼자 걸어간 사람이다.

사람들은 성공한 사람들이 이룬 성과만을 보며 부러워한다. 유명인들의 유명세도 알고 보면 하루아침에 이루어진 것이 아니다. 세계적인 스포츠 스타들도 어릴 때부터 갈고닦았던 시간의 힘이 쌓여 때가 되니 폭발했을 뿐이다.

내가 학창 시절에 가장 후회하는 것 중 하나가 바로 무소의 뿔처럼 혼자 걸어가는 용기를 지니지 못했다는 것이다. 예민한 사춘기 시절 나는 친구가 그리웠다. 공부는 원래 혼자 하는 것이지만 친구들과 어울리며 공부하기를 바랐던 것 같다. 이 친구가 좋다고 하는 선생님 있으면 그 학원으로 쫓아갔다. 저 친구가 괜찮다는 독서실이 있으면 얼씨구나 함께 공부하자 하면서 다음 날 바로 독서실 티켓을 끊었다. 결국 혼자 조용히 공부해야 할 시간에 함께 공부하는 친구들의 고민 상담을 들어주는 데 시간을 낭비했다. 의리를 가장하여 친구들과 함께 지내느라 내 공부에는 정작 신경을 못 썼다. 지나고 나니 학창 시절 그 부분이 가장 아쉽다.

사이토 다카시의 《기대를 현실로 바꾸는 혼자 있는 시간의 힘》에서도 성장하기 위해서 한 번은 익숙한 것들에서 빠져나와 그것들과 단절하는 시간을 가져야 한다고 역설한다. 한 사람이 진정한 성장을 하기 위해 일생의 한 번은 무소의 뿔처럼 혼자서 걸어가야만 하는 것이다. 익숙함·친함·편함은 단기적인 만족감을 줄 수는 있지만 장기적인 행복함을 가져다줄 수는 없다. 또한 외롭고 힘든 길을 참고 이겨낼 때 도착지에서 얻는 열매는 더 달콤할 것이다.

대부분의 사람들이 이러한 인내의 시간을 못 견디고 홀로 정진하는 일을 두려워하는 것은 신념이 부족하기 때문이다. 자신에 대한 믿음이 확고하지 않기 때문에 주변에 쉽게 휩쓸리게 된다. 그뿐만 아니라 편안함을 추구하며 익숙함에 병들어 간다. 지금의 환경에 익숙해졌기 때문에 그것을 뿌리치고 나오기 위해서는 두려움을 극복하는 용기가 필요하다. 두려움을 극복한다는 것은 사실 대단한 일은 아닐지도 모른다. 우리아이들만 봐도 그렇다. 넘어질 것을 두려워하지 않고 수천 번 넘어지면서도 걷는 연습을 한다. 주변 눈치 보지 않고 돌진하는 것이 아이들의 본능인 듯싶다. 아쉽게도 이런 아이들의 본능은 어른이 되면서 점점 약해진다. 사회가 우리에게 가르쳐준 대로 살기 시작하면서 무리를 짓고 남들과 똑같은 길을 선택한다.

두 번째 삶을 원하는 어른이라면 어린아이의 호기심을 배워야 한다. 아이와 같은 마음이 새로운 것을 선택하고 시도하는 용기를 준다. 그래야 '누가 뭐라든 내 갈 길 간다'는 무소의 뿔처럼 자신만의 길을 정진하게 될 확률이 높다.

가끔 가족이나 주변 사람들의 반대로 하고 싶은 일에 도전하는 데 주저하는 분들을 본다. 그분들에게 이런 말을 해 주고 싶다.

"하고 싶은 일이 있다면 혼자라도 가 보세요. 주변 사람들이 많이 가지 않은 길이라도 괜찮아요. 돈이 없으면 아르바이트로 자금을 모으시고 준비하시면 되죠. 길을 가다 외롭고 힘들 때도 있을 거예요. 그럴 때는 새벽 해 뜨기 전이 가장 어둡다는 걸 기억하면 돼요. 지금의 어려움만 잘 극복하면, 살고 싶은 삶이 펼쳐질 겁니다."

다시 새로운 삶을 꾸린다는 것은 자기 자신을 바로 세우는 일이다. 다양한 탐색을 통해 길을 찾았다면, 무섭게 몰입하여 내가 가고자 하는 일에 열정을 다해 일해 보는 거다. 그 선택의 결과가 어떻든 간에 묵묵히 그 일의 성과가 나올 때까지 집중하는 것이 중요하다. 그것이 전부다. 무리에 휩쓸려 주어진 환경 탓하지 말고 무쏘의 뿔처럼 혼자서 가라. 내가 가보지 않은 길이라 할지라도 희망의 빛은 늘 존재하니까.

경쟁하지 말고 '린치핀'이 되어라

세계적인 마케팅 구루 세스 고딘의 저서《린치핀》에서 '린치핀'을 이렇게 정의하고 있다.

"린치핀이란, 조직만을 위해 일하지 않는 사람, 노동과 임금을 맞바꾸는 데 머물지 않는 사람, 자신의 넘치는 예술적 재능을 세상에 기부하는 사람, 인공지능은 넘볼 수 없는, 인간이 할 수 있는 가장 다채로운 능력을 가진, 자신을 둘러싼 주변 모든 이들에게 공헌할 수 있는, 세상 모든 크리에이터들이 탐내는, 새로운 시대의 새로운 권력을 가진 사람들."

이 얼마나 매력적이고 멋진 사람들인가? 2020년 코로나19로 우리는 새로운 세상을 맞이하고 있다. 온라인 세상이 열린 것이다. 비대면 시대가 되면서 사람들은 온라인 쇼핑과 디지털 콘텐츠의 소비에 많은 시간을 보내고 있다. 자연스럽게 디지털 콘텐츠를 만드는 크리에이터들의 영향력이 폭발적으로 증가했다. 그들은 작가이거나, 전문직 종사자, 혹은 톡톡 튀는 사고방식을 갖고 있는 사람들이다.

이런 사람들에게 관심을 갖고 잘되는 사람들을 분석해 보니 한 가지 특징이 있었다. 이들은 경쟁하지 않았고, 자신만의 개성을 드러내며, 그런 자신들을 좋아하는 사람들과 소통하기를 즐겼다. 또한 유사한 콘셉트의 사람들과 경쟁하는 것이 아니라 서로 협업하며 시장의 파이를 키워 나갔다. 세스 고딘의 말처럼 새로운 시대의 새로운 권력을 스스로 만들어나갔던 것이다.

이러한 시대의 변화를 바라보며 새로운 형태의 인재상을 발견할 수 있었다. 꼭 누군가와 경쟁하지 않아도 상생하고 협력하면서 서로에게 시너지 효과를 줄 수 있는 사람. 자신의 예술적 재능이나 넘치는 개성을 세상에 기부하면서도 영향력을 발휘할 수 있는 사람. 바로 '린치핀'이다.

내가 어릴 적만 해도 학교에서는 경쟁을 가르쳤다. 학업 등수로 줄을 세웠고, 공부 잘하는 것이 유일한 성공의 지름길이라고 배웠다. 사람마다 각자의 재능과 능력이 다르기 때문에 잘 하는 한 분야를 찾아 매진하는 것이 필요하지만, 학교에서는 비슷한 인재상을 길러내기에 바빴다. 30~40대 세대들은 모두 경쟁 사회에서 살아남는 방법을 배웠을 것이다. 학교에서는 학업 성적으로, 직업을 가진 후에는 승진 경쟁을 해왔다.

나는 개인 브랜드로 책 쓰기 코칭을 통해 1인 브랜드가 될 수 있도록 도와주는 일을 하고 있다. 요즘은 나처럼 독립하고 싶은 사람들에게 퍼스널 브랜딩 노하우를 알려준다. 브랜딩 강의 역시 도처에 깔렸다. 감사하게도 '나'라는 사람을 보고 내 강좌를 선택해 주는 분들이 계시다. 나는 분명 미리 앞서가신 분들과 경쟁하지 않았고, 나만의 색깔로 내 교육 콘텐츠를 만들었을 뿐이다.

내가 누구나 다 알 만큼 영향력이 큰 사람은 아니지만, 그럼에도 그분들은 나를 믿고 강좌를 선택한 것이다. 디지털 세상이 열리면서 가능해진 일이다. 디지털 세상에도 오프라인의 '틈새' 시장처럼 세포 마켓들이 생겨났다. 세상에 다양한 삶을 살며 사고 방식을 가진 사람들이 인터넷 세계에 모여 있다. 그 많은 사람들 중에서 나와 색깔이 맞고 코드가 맞을 것 같은 사람을 선택하는 시대가 되었다. 이런 사회의 변화야말로 앞으로의 세계는 '튀어야 살아남을 수 있는 시대'가 될 것이라는 것을 대변해 주고 있다.

사람들이 바라보는 '전문가'에 대한 시선도 예전과는 다르다. 어떤 분야의 자격증을 따거나 석·박사 학위를 따야만 받을 수 있었던 '전문가'의 정의가 많이 유연해졌다. 이제는 디지털 콘텐츠로 자신이 알고 있는 지식이나 경험을 효율적으로 알려주는 사람이 전문가로 대접 받는다.

대표적으로 《마흔의 돈공부》의 저자인 단희쌤은 대기업을 나와 차렸던 사업에서 큰 빚을 지게 되었다. 마흔이 넘어 빚을 갚기 위해 부동산 사무실에서 일을 하게 된다. 부동산의 실무 경험과 이론을 공부하면서 얻게 된 자신만의 노하우를 처음에는 블로그로, 다음에는 유튜브를 통해 콘텐츠를 만들기 시작했다. 지금은 은퇴를 준비하는 직장인들에게 부동산 컨설팅을 통해 경제적인 자유인이 될 수 있는 방법을 알려주는 부동산 전문가가 되었다. 자신이 연구한 것들을 디지털 콘텐츠로 만들면서 사람들은 단희쌤을 부동산 전문가로 인식했다.

유튜브 가수로 유명한 제이플라는 또 다른 방식으로 자신의 자리를 찾았다. 가수가 꿈이던 제이플라는 전통적인 방법으로 국내 연예 기획사가 주최하는 오디션에 참가하면서 가수를 준비했다. 생각처럼 일이 잘 풀리지 않자, 유튜브를 통해 자신이 노래하는 모습을 선보였다. 그녀가 노래하는 모습에 사람들이 한두 명씩 모이기 시작했고 그녀의 팬이 되었다. 지금 그녀는 1,740만 명의 구독자를 거느린 유튜브 스타가 되었다. 명부상실 유튜브 음악계의 '린치핀'이다.

그녀가 전통적인 방식에 따라 연예 기획사에 들어가 수많은 가수 지망생들과 경쟁하며 가수가 되려고 했더라면 자신만의 영역을 창출

하지 못했을 거다. 그녀는 경쟁하지 않았고 자신만의 예술적 재능을 유튜브라는 플랫폼을 통해 세상에 보여줬다. 그 결과 제이플라라는 브랜드가 되었음은 물론이고, 세계 유명 작곡가·작사가들의 협업 제안을 받고 있다.

인터넷 플랫폼의 발달은 점점 더 가속화되고 있다. 우리 아이들이 성인이 되는 시점에는 또 어떤 플랫폼이 나올지 아무도 모를 일이다. 중요한 것은 디지털화는 피할 수 없는 사회의 흐름이고, 이에 발맞춰 어른들의 두 번째 삶도 변화에 따라가야 한다는 것이다.

미국은 이미 신입 사원 선발 시, 페이스북과 같은 소셜 활동을 참고한다고 한다. 한 사람을 이력서나 면접만으로 판단하기에 어려우니 소셜 활동으로 그 사람을 더 잘 파악하려는 의도이다. 실제로 지금은 블로그나 유튜브 콘텐츠가 전문성을 증명해 주는 도구가 되었고, 개인 사업화로 이어지고 있는 추세이다.

아쉽게도 우리는 어릴 때부터 경쟁하려고 공부했고, 자신의 재능 계발보다는 사회적인 기준에 나를 맞추며 살았다. 그래야 소위 '먹고 사는 일'을 할 수 있었기 때문이다. 나는 마흔 가까이 살면서도 내가 가진 재능이 무엇인지 몰랐고, 내가 가진 것을 세상에 표현하는 일이 부끄럽다고 생각했다. '자기 표현'에 강한 욕구가 있었지만 그것을 실제로 표현하는 일에는 용기를 내지 못했다. 정해진 길에서 벗어나 내가 표현하고 싶은 것은 이렇게 글로 표현을 하고, 나를 드러내는 일에 이제는 부끄러운 생각이 들지 않는다. 만약 경쟁하지 않아도 내가 가고 싶은 길에서 '린치핀'이 될 수 있다는 것을 조금 일찍 알았더라면 얼마나 좋았을까 하는 아쉬움이 남는다. 더 많은 시간을 내가 좋아하는 일을 하며 지낼 수 있었을 테니.

만약 또 다른 도약을 꿈꾸는 어른이라면 '린치핀'이 되라는 조언을 하고 싶다. 하지 못한 일을 후회하는 날보다 더 많은 날을 자신의 재능을 세상에 공유하면서 살아가라고 말하고 싶다. 사람에게는 누구나 재능이 한두 개씩은 있다고 생각한다. 그것을 일찍부터 발견하고 개발하는 사람들은 세상에 자신의 재능을 공유하면서 좋은 일로도 일을 하며 살 수 있다. 나는 뒤늦게 시행착오를 거쳐서야 깨달았지만 여러분들은 조금 더 일찍 시행착오를 해 보라고 하고 싶다. 시행착오는 좋은 거니까. 실수하고 넘어지면서 다시 수정하고 그러면서 서서히 린치핀이 되라고. 세상에 그런 꿈 많은 어른들이 더 많아지길 진심으로 바란다.

가슴 떨리는 일을 선택해라

성인이 되고 세상의 풍파를 경험하면서 가슴 떨리는 경험이 줄어든다. 내가 궁극적으로 어떤 삶을 살고 싶은지 고민 없이 살다 보니 말 그대로 '살아지는 대로 사는' 경우가 많다. 지난 시간을 돌이켜 봐도 나 역시 '먹고살기 위한 삶'을 살았을 뿐이다. 결혼 전에는 다음 달 카드 값과 월세를 내기 위해 일을 했고, 결혼을 하고 나서는 시댁에 눈치가 보여 일을 했다. 직업에 대한 명확한 기준이 없었다.

많은 어른들이 나에게 건넸던 조언처럼 '남들도 다 그렇게 산다'는 말 한마디에 위안을 삼았다. 내가 좋아하고 가슴이 떨리는 일을 직업으로 삼는 것은 일부 혜택받은 사람들의 이야기처럼 들렸다. 그도 그럴 것이 나의 가슴을 떨리게 하는 일들이란 삶을 영위하기 위해 '돈'을 벌 수 있는 일이 아니었기 때문이다. 이를테면 이런 것들이다. 숲을 걷는 일, 책을 읽고 글을 쓰는 일, 사람들 앞에서 말을 하는 일 등. 대부분은 비즈니스와 거리가 먼 것들이라고 생각했다.

어릴 때만 해도 좋아하는 일을 하면서 밥벌이를 한다는 것은 천재들이나 가능하다고 생각했다. 대표적인 것이 예술 분야다. 그림을 그리거나, 글을 쓰는 일은 굶어 죽기에 딱 좋은 직업이라는 인식이 지배적이었다. 현실적으로 생각해 봐도 예술 계통의 일에 종사하는 사람들 중 상위 1%만 경제적인 여유를 누리는 것도 사실이다. 그 때문에 예술 계통에 흥미와 재능이 있더라도 성인이 되면 포기하게 된다. 그럼에도 나는 두 번째 인생을 살고 싶은 분들에게 '가슴 뛰는 일을 선택하라'고 말하고 싶다. 그것이 예술 분야라도 말이다.

인생이라는 긴 항해에서 '일'이 차지하는 부분은 크다. 대부분의 시간을 일을 하면서 보내야 한다. 자신이 하고 싶지 않을 일을 하면서 삶을 낭비하기에는 살아갈 날들이 아깝다. 처음부터 자신이 좋아하는 일을 찾는 사람은 없다. 남들보다 빨리 자신이 좋아하는 일을 찾는 사람조차 알고 보면 어릴 때부터 다양한 시도를 많이 해 본 사람들이다. 즉 '자기 탐색'을 통해 자기의 취향을 알아간 것이다.

말이 쉽지 당장 먹고살기도 어려운 이 시대에, 자신의 꿈만 바라보고 가슴 뛰는 삶을 살아야 한다는 것은 현실적인 일이 아니라고 생각할지도 모른다. 그럼에도 불경기는 늘 존재했고, 그 속에서 또 다른 기회를 찾는 사람도 있었다. 오랜 시간 자신을 갈고닦은 사람들은 불황 속에서도 행운을 만들어 간다. 뜻이 있는 사람이라면, 자신의 꿈을 이루기 위해 위기를 기회를 만들어 갈 것이다.

2009년도로 기억한다. 나는 3년차 회사원이었다. 정신 없이 내게 주어진 업무를 배우다 보니, 어느덧 3년이란 시간이 흘러 있었다. 업무가 손에 익자 불현듯 지금 하고 있는 일이 무료하게 느껴졌다. 매일 반복되는 일이 지루하게만 느껴졌다. 그때쯤 나는 대학생 때 갈망했던 미국 유학을 준비했다. 일을 마치면 영어 공부를 했고, 생활비를 벌기 위해 미국 회사의 인턴을 알아보았다. 다행히 미국 한 지역의 회사와 인연이 닿아 인터뷰를 하고 인턴으로 와도 좋다는 합격 통지서를 받았다. 내 가슴은 미국을 향하고 있었지만 내 머릿속은 계산을 하고 있었다.

'만약 내가 다니는 회사를 그만두고 미국 인턴으로 간다면 월급은 반 토막이 나고, 미국을 다녀와서도 내 미래는 보장받을 수 없어. 미국은 언젠가는 갈 수 있어.'

어렵게 인터뷰에 합격을 하고도 나는 선택 앞에서 주저했다. 당장 1년이라는 시간을 미국에서 행복한 삶을 살 수도 있겠지만 그 이후의 삶이 걱정되었다. 언젠가는 미국에서 커리어를 쌓을 수 있을 거라는 생각에 나는 과감히 포기 의사를 밝혔다. 그 '언젠가'는 10년이 훌쩍 지난 지금까지 오지 않고 있다. 그 사이에 나는 점점 더 현실적인 사람이 되었다. 사회적인 기준에 맞춰 적절한 나이에 결혼을 선택했고,

아이를 낳고 살다 보니 그때의 꿈은 잊고 살았다. 아이들을 양육하는 데도 시간이 필요하니 미국에서 커리어를 쌓을 수 있는 기회는 알 수 없는 미래가 되어 버렸다. 지금은 먼 미래가 되어 버린 미국 유학의 꿈은 두고두고 후회하는 일이 되었다.

나는 그때 왜 가슴 떨리는 일을 선택하지 못했을까? 반 토막 날 월급과 보장받지 못하는 미래를 핑계댔지만, 사실 나는 미국에서의 생활을 두려워했던 것이다. 불안감이 나를 현실로 잡아끌었고, 결국 가슴이 원했던 일을 하지 못했다.

많은 사람들이 그때의 나와 같은 선택을 할 거라고 생각한다. 그때 가슴이 떨리는 일을 선택했더라면 어땠을까? 미래는 보장받는 것이라 아니라 내가 만들어 가는 것이라는 것을 일찍 알았더라면…. 지금과는 다른 미래를 살고 있지 않을까. 그 미래가 어떤 미래이든 계속해서 가슴이 원하는 일을 결정하며 살았을 것이다. 서른 중반까지 나는 이렇게 가슴의 소리가 아닌 머리의 계산에 따라 현실을 맞추며 살았다. 결국 서른 후반이 되어서야 그런 삶의 선택으로 이루어진 인생의 포물선이 그렇게 행복하지 않다는 것을 깨달았다.

마흔이 넘어서야 가슴 떨리는 일을 하고 있다. 글을 쓰며 강의를 하는 일이 내게는 가슴이 뛰는 일이다. 이런 삶은 자기 만족을 떠나 그 자체로 행복함을 느끼게 한다. 당연히 삶에 대한 만족도가 높으니 일이 일처럼 느껴지지 않는다. 일을 놀이처럼 하고 있는 나를 발견하며 놀라곤 한다. 일이 놀이가 되니 몰입도가 높다. 당연히 일의 성과도 좋아졌고 자연스럽게 수입으로도 이어졌다.

줄리아 카메론의 저서 《아티스트 웨이》에 인상 깊은 구절이 있다.

> "자신이 정말 하고 싶은 것이란 곧, 정말 하게 되어 있는 것이다. 자신이 하게 되어 있는 것을 할 때, 돈이 따라오고 새로운 길을 향한 문이 열리면서 자신이 유용한 존재임을 느낀다. 그리고 마침내 일이 놀이처럼 느껴진다."

이 문구를 읽으며 글자가 아닌 가슴에 절절히 새기는 경험을 하게 되었다. 남의 일이라고 생각했다. 일을 놀이처럼 하는 사람들, 일을 하면서도 자신이 유용한 존재임을 느끼는 사람들. 나와는 별개의 사람들이라고.

내게도 그런 삶이 펼쳐진 것이다. 처음에는 믿기지 않았다. 글자로만 읽었던 책의 내용들을 체득하면서 책의 내용도 더 잘 흡수하게 되었다. 가슴 떨리는 일을 선택한 것이 하나씩 쌓이면서 삶의 지혜로 승화되었고, 몸의 감각이 그런 좋은 기운을 기억했다. 나음에도 또 다음에도 다른 가슴 떨리는 일을 선택하게 되었다. 그때부터 줄리아 카메론의 말처럼 새로운 길을 향한 문이 열리기 시작했다.

그러니 다시 어떤 일을 시작하고 싶은 어른들에게 '가슴 떨리는 일을 선택하라'고 말하고 싶다. 우리가 흔히 말하는 "감이 좋다"라는 말은 감각이 예민하다는 의미이다. 예민한 감각은 직관으로 이어지고 감이 좋은 사람이 된다. 만약 내가 어릴 때부터 아니, 20대 때라도 가슴이 시키는 대로 따랐더라면 지금처럼 마음의 행복감과 풍요로운 느낌을 오랫동안 유지하며 살 수 있지 않았을까. 지나간 일을 후회하기보다, 앞으로 올 미래를 희망하면서 말이다. 긍정적으로 생각해 보면 지금이라도 알게 된 것에 감사해야 한다.

앞으로도 삶의 갈림길에서 주저할 때가 올 것이다. 어떤 길로 들어서야 할지 모를 때, 나는 분명히 나 자신에게 말할 것이다.

"머리로 계산하지 말고, 가슴 떨리는 선택을 해!"

당신 자신만은 끝까지 믿어라

"언니, 그때 내가 임대하려고 했던 상가 있잖아? 누가 거기서 아이스크림 가게를 차려서 지금 대박이 났대!"

"왜 그때 안 했어?"

"나는 하고 싶었는데, 우리 친언니가 하지 말라고 해서."

오랜만에 친하게 지내던 동생이 연락이 왔다. 흥분된 목소리로 내게 전한 이야기는 3개월 전에 임대하려고 했던 상가를 놓친 이야기, 자신의 결정을 친언니에게 맡겨 후회하는 이야기였다. 비단 내가 아는 동생의 사례가 아니더라도 우리 주변에 흔히 일어나는 이야기다. 아이의 책을 선택하는 것부터 집을 사는 것까지 우리는 하루에도 몇 번씩 선택하는 삶을 살아간다. 생각해 보면, 우리가 하는 많은 선택은 자기 주도적인 것이 아닌 경우가 많다. 대부분은 주변 사람들의 말을 듣고 결정을 한다. 그것도 고만고만한 경험을 했던 사람들 이야기를 듣고 선택을 한다.

만약 그때 아는 동생이 사업을 한 번도 해 보지 않은 친언니의 말을 듣는 것이 아니라 상가를 볼 줄 아는 사업가 지인에게 조언을 구했더라면 어땠을까. 어떤 일에 대한 판단하기 어렵다 하더라도 다양한 주변 사람들의 의견을 참고는 하되, 결국 선택은 본인의 몫이다.

대부분의 사람들은 자신의 경험을 바탕으로 현상을 판단한다. 다양한 경험을 많이 한 사람들은 시야 자체가 넓기 때문에 사물의 여러 부분을 살필 수 있다. 반면에 경험치가 적다면 그만큼 좁은 시야로 세상을 바라보게 된다. 아는 만큼 보이기 때문이다. 자신의 선택에 확신을 가진 사람들은 남들이 보지 못한 것을 아는 사람들이다. 그들은 간접 경험이나 직접 경험을 통해 주변 사람들이 보지 못하는 세상을 접했다. 그런 경험치를 쌓아야 본인의 선택에 확신을 가질 수 있다. 그러기에 타인의 말보다 자신을 더 신뢰할 수 있는 것이다.

자신에 대한 믿음으로 새로운 삶을 개척하신 분이 계시다. 휴먼 다큐멘터리의 주인공으로 나왔던 H씨다. 대기업 광고홍보 회사에서 10여 년간 일을 했던 H씨는 일을 하면서 자연스럽게 '식물'에 관심을 가졌다고 했다. 그는 보통 광고 일을 할 때 인테리어 소품으로 화분이나 꽃을 이용하는 경우가 많았다고 한다. 그 과정을 통해 본인이 식물과 관련된 일을 하고 싶다는 욕망이 생겼다고 말했다. H씨는 과감히 일을 그만두고 플로리스트에 도전했다. 서른 후반의 나이에 잘 나가는 대기업 직원을 그만두고 플로리스트를 하겠다고 했을 때, 부모님과 가족들의 반대가 심했다. 보통 여자들이 많은 직업군인데다 안정적인 수입을 보장받지 못한다는 것이 그 이유였다. 그는 주변의 말보다 자신을 믿었고, 결국 사표를 내고 영국으로 유학을 떠났다. 플로리스트 자격증을 따고 다시 한국으로 돌아와 동네에 작은 꽃집을 차렸다.

남자 플로리스트라는 소문이 나자 주 고객층으로 남자들이 몰려왔다고 했다. 여자 친구들에게 선물할 꽃다발이나 화분을 H씨에게 부탁한다고 한다. 남자의 심리를 잘 아는 그가 꾸며준 꽃다발이 인기를 끌면서 그는 플로리스트로서 자리를 잡았다. 지금은 자신이 하고 싶은 일을 하면서 경제적으로도 여유가 생겨 행복한 삶을 산다고 했다.

그의 스토리를 보면서 많은 생각이 들었다. 대부분의 사람들은 자기에게 잘 맞는 일을 찾는 것도 어려운데 그는 그런 분야를 발견했다. 또한 생각에만 그치지 않고 행동으로 옮겨 주체적인 삶을 살고 있었기 때문이다. 인터뷰 내용 중에 가장 기억에 남는 부분이 있다. "주변에서 하도 반대를 많이 해서 그당시에는 고민이 많았어요. 지금 하지 않으면 결국 내가 원하는 인생을 살지 못할 것 같아서 과감하게 용기를 냈어요. 지금은 반대했던 가족들도 응원을 해 주시고요. 제가 만족할 만한 삶을 살게 됐어요." 그는 그 누구보다 자기 자신을 믿었고, 그런 믿음으로 주변의 신뢰까지 얻었다.

대학교 때 일이다. 아버지의 권유에 따라 중국어를 전공으로 삼았다. 3학년쯤 되자 중국어 공부를 더 심도 있게 하고 싶었다. 부모님에게 중국으로 유학을 가고 싶다고 이야기하자, 여자 혼자 외국에 보낼 수 없다며 반대를 했다. 외국 유학에 대한 갈망이 컸기에 나는 학교의 시스템을 이용해 보기로 했다. 타과에서 진행하고 있는 교환 학생에 지원하면서 대만 학교에서 진행하는 프로그램에 참가할 수 있었다. 소식을 들은 부모님은 노심초사했다. 나는 처음으로 부모님 의견에 반대를 했고, 유학길에 올랐다. 내가 성인이 되어 처음으로 해 본 선택이었고, 그래서인지 대만 유학 시절 열심히 공부할 수 있었다.

1년이라는 시간이었지만 중국어 실력은 눈에 띄게 향상됐고, 학과 성적도 괄목할 만한 성과가 났다. 그런 성과들이 나 스스로에게 동기를 부여하고 자신감을 주었다. 또 그로 인해 다양한 기회를 얻을 수 있었다.

도 지역에서 선발하는 대회에서도 중국어 실력으로 상과 상금까지 타며 외국 여행의 기회를 얻었다. 그 경험이 입사 시험에서도 좋은 결과를 가져온 것은 물론이다. 만약 내가 그때 부모님의 말을 듣고 대만 교환 학생 기회를 놓쳤다면 평생 후회하는 일이 되었을 것이다. 그때 다행히 '나 자신'을 믿고 강행했던 선택으로 많은 기회를 얻을 수 있었다. 가장 중요한 것은 매 순간 최선을 다하게 살게 하는 셀프 동기부여를 스스로에게 해 주었던 것이다.

내가 살아온 날들에서 진정으로 내가 원하는 삶을 위해 스스로가 한 선택이 얼마나 많은가? 내 경우만 봐도 가족들이 내 삶에 많은 영향을 끼쳤다. 방송국 취업 포기는 아버지의 의견을 따랐고, 항공사에서 오래 버틸 수 있었던 건 친정어머니의 입김이 많이 좌우했기 때문이었다. 결국 나 자신에 대한 믿음 없이 선택한 것들은 나중에 후회가 많았다. 그때는 모든 것이 내 삶에 영향을 끼친 나의 부모님과 나의 가족들이 원망스러웠다. 스스로 고민하고 결정하지도 못하면서 좋지 않은 결과가 나올 때마다 내 선택에 영향을 미친 사람들 때문에 이런 일이 벌어졌다고 생각했다. 나에 대한 굳건한 믿음이 부족해 불만도 많았다. 결국 나 자신을 믿고 선택한 것은 후회는 적고 최선을 다해 살게 하지만 타인의 결정에 따르는 선택은 스스로 만족할 수도 없고, 남까지 탓하게 된다.

한 번은 내가 진행하고 있는 교육 과정에서 상담을 받고, 그다음 주부터 수업을 진행하기로 K씨에게 연락이 왔다.

"작가님 안녕하세요. 다음 주 수업 진행하기로 했던 K입니다. 다름이 아니라, 남편의 반대로 수업을 할 수 없을 것 같습니다. 정말 하고 싶었던 일이지만, 남편의 말을 들어 보니 제가 아직 준비가 안 된 것 같아요. 죄송합니다."

K씨와 상담을 할 때만 해도, 그녀는 친정 엄마에 대해 글을 써서 책으로 남기는 것이 오랜 꿈이며 꼭 해보고 싶다고 했다. 그녀의 절절한 사연을 들으면서 "책을 쓰시고, 어머니에게 선물하시면 그보다 더 가치 있는 일은 없다는 것을 느끼게 될 겁니다."라고 말씀드렸다. K씨는 당장이라도 책을 쓸 기세로 나에게 궁금한 점을 물어보며 열정을 보였다. 그런 그녀가 수업 시작 3일 전에 연락이 와서 남편의 반대로 책을 쓰지 못하겠다고 했다.

K씨의 스토리를 미리 들었던 나는 남편을 핑계로 하고 싶은 일을 미루는 그녀가 안타까웠다. 무엇이 그녀가 하고 싶은 일을 가로막은 것일까. 정말 그녀의 선택을 가로막은 것이 남편이었을까? 아니다. 자신보다 남편의 말을 더 신뢰한 그녀의 판단이 그녀가 꿈을 이룰 수 있는 기회를 놓치게 했다.

스스로 내 삶의 운전대를 잡고 나아가는 일이 이토록 어려운 이유는 무엇일까? '자기 신뢰'가 부족하기 때문이다. 사실, 인생의 전반전은 타인이나 환경의 영향을 많이 받는다. 좋은 환경에서 태어난 사람은 그렇지 못한 사람보다 탁월한 선택을 할 확률이 높다. 반면 나를 둘러싼 환경이 불행하다면 어쩔 수 없이 환경에 이끌려 살아갈 수밖에 없다.

그러나 인생의 중반전은 다르다. 오로지 나의 생각과 선택으로 삶을 만들어 갈 수 있다. 나 자신에게 만족하는 삶이란 인생의 중반 이후에 하는 결정으로 이루어진다. '나'를 바꾸고 내가 원하는 삶으로 이끌어 가는 일은 나에 대한 믿음에서 시작된다.

아직도 늦지 않았다. 내가 원하는 내가 되는 삶. 지금 다시 시작해 보자.

당신의 꿈만 믿고 나아가라

나는 꿈이 많은 소녀였다. '미국 유학의 꿈'부터 아나운서, 작가, 강사, 사업가 등 내 꿈은 계속 진화했다. 그랬던 내가 언제부터인가 꿈 없이 하루하루 겨우 버티는 삶을 살고 있었다. 직장인이 되면서 만난 대부분의 사람들도 꿈이 없는 사람이었다. 그들과 어울리며 살다 보니 자극도 없었고 꿈 그 자체를 잊게 되었다. 그렇게 꿈을 잃어버리고는 한동안 많은 방황을 했다.

꿈이란 무엇인가? 많은 책에서 꿈을 꾸라고 한다. 대체 이 꿈이 무엇이기에 꿈이 있는 사람과 없는 사람은 차이가 나는 것일까? 《1페이지 꿈지도》의 저자 류시천 교수는 꿈은 장래 희망이나 소망 등의 모호한 관념이 아니라고 한다. '꿈'을 갈망하는 정신적 경험은 삶의 미래를 기억하도록 촉진하는 힘이 있어서 삶의 방향을 가늠하는 첫걸음이 된다고 한다. 현재의 나를 일으키게 하고 온전히 '나다움'으로 채우는 삶. 아마도 그것이 꿈이 아닐까 하는 생각이 든다. 나다운 삶으로 가기 위해 내가 하고 싶은 일, 되고 싶은 것을 규정하고 그것을 향해 나아가는 것. 길을 잃지 않는 삶을 사는 것. 이것이 꿈의 지도를 따라가는 것이 아닐까.

'꿈'을 이루기 위해서는 많은 재료가 필요하다. 내가 인생을 살아가는 목적과 최종 성취할 목표를 가늠하는 인생 설계와 나의 강점과 잠재력에 대한 통찰이 필요하다. 나의 꿈을 위해 행동으로 옮기는 실행력도 있어야 한다. 대부분의 사람들이 과거의 나처럼 성인이 되면서부터 '꿈'을 잊고 살아간다. 그것은 꿈을 위해 도전하면서 넘어지는 실패를 두려워한 나머지 현실에 안주하기 때문이다. 꿈을 이룬 사람이 적은 이유이기도 하다.

직장 생활을 하며, 꿈도 없고 삶에 대한 희망이 없었던 내가 다시 꿈을 꾸고 도전을 하게 된 이유는 우리가 살고 있는 세상의 시간이 그리 길지 않을 수도 있겠다는 생각 때문이었다. 나는 서른 후반이 되어서야 작가, 강사가 되어 새로운 삶을 꾸린 사람이다. 아이를 낳고 키우다 보니 내게 주어진 시간이 내 시간이 아님을 깨닫게 되었고, 아이들만 바라보고 있다가는 10년의 세월이 훌쩍 흘러버릴 수도 있겠다 싶었다. 누군가는 아이들에게만 집중해야 될 10년이라는 기간 동안 또 다른 '나의 꿈'에 도전하느라 아이들에게 소홀히 하는 것은 아니냐고 비난할 수도 있다.

하지만 부모가 아이와 함께 성장하고 꿈을 키워가지 않는다면 현실에 안주할 수밖에 없고, 미래의 사회에서는 도태되어 버리고 말 것이다. 그런 부모를 보고 자라는 아이들 역시 부모를 닮아 '꿈'을 잃고 살게 될 것이다. 많은 육아서에서 언급하듯이 아이들은 부모의 뒷모습을 보고 자란다고 하지 않던가. 꿈꾸는 부모는 꿈 많은 아이들로 키울 가능성이 훨씬 높다. 아이들은 노력하는 부모의 모습을 자연스럽게 닮아가기 때문이다.

내 삶의 로드맵을 다시 설정하고, 꿈을 꾸고 또 그것을 하나씩 현실로 이루면서 살기까지 많은 시행착오가 있었고 또 오랜 시간이 걸렸다. 꿈을 찾아 헤매는 데 몇 년, 꿈을 이루는 방법을 찾고 시행착오를 겪는 데 또 몇 년이 흘렀다. 그래도 포기하지 않을 수 있었던 이유는 '꿈'을 따르는 길이야말로 진정한 '나' 자신으로 이르는 길이라는 것을 깨달았기 때문이다. 이처럼 그 여정이 녹록지는 않았지만 나는 그 과정을 진심으로 즐기고 있었다. 삶이 주는 과제를 풀 듯 하나씩 모르는 세계를 알아가는 것이 힘은 들었지만 재미도 있었다. 그러면서 수많은 책에서 이야기하는 '꿈꾸는 삶'을 살아가는 참된 의미를 가슴으로 느끼게 되었다.

몇 달 전, 상담을 요청하신 분과 이야기를 나누게 되었다. 나와 같은 삶을 살고 싶은데 오랫동안 전업주부 생활을 하다 보니 어떻게 시작을 해야 할지 모른다는 고민을 털어놓으셨다. 그러곤 이런 말씀을 하셨다.

"아이들 키우기에도 힘든데, 언제 이렇게 준비하신 거예요?"

맞다. 엄마들은 바쁘다. 육아에 살림은 당연하고, 워킹맘은 일까지 해야 한다. 거의 철인 3종 경기와 같은 생활을 매일 해야 하는 것이다. 정신없이 바쁜 생활 속에서 언제 자신의 꿈을 챙기고 준비를 하란 말인가? 충분히 이해가 되는 부분이다. 하지만 관점을 좀 바꿔 보자.

'꿈도 없는 사람이 어떻게 아이들에게 꿈을 꾸고 그 꿈을 이루라고 말할 수 있을까?'

이 질문에 뜨끔하는 분들이 많을 것이라고 생각된다. 학창 시절 공부를 못했던 부모는 아이들에게 공부만 강요한다. 자신은 책 한 권도 보지 않으면서 아이들에게 '독서'를 강조하기도 한다. 부모가 하지 않은 일은 아이들에게 바라는 것은 어불성설(語不成說)이다.

우리 윗세대의 부모님들은 먹고사는 것 자체가 힘들었던 시대를 살았다. 20대 중반에 결혼을 하고 아이들 뒷바라지하느라 어렵게 하루하루를 버텼을 것이다. 당연히 꿈보다는 생계를 먼저 꾸려야 했다. 먹고산다는 것은 생계가 걸린 문제이기 때문에 가장 먼저 해결해야 되는 것이 맞다. 먹고사는 것이 해결된다면 그다음은 미래를 위해 꿈이 있어야 한다. 그래야 지금보다 더 나은 미래를 살 수 있다.

꿈은 강력한 동기부여가 되기도 한다. 부산 출신 인권 변호사였던 (故) 노무현 대통령 역시 '대통령이 되겠다'는 꿈이 있었기에 그것을 이룰 수 있었다. 알리바바라는 거대한 중국 기업을 만든 마윈 역시 '중국에 인터넷 상거래 회사를 차리겠다'라는 꿈을 꾸었다. 그러기에 숱한 투자 거절과 실패를 극복하고 중국 최고의 인터넷 상거래 회사를 만들 수 있었다. 이렇듯 '꿈'의 힘은 실로 대단하다. 어른의 '꿈'은 더 나은 미래를 이끄는 원동력이 된다. 개개인의 꿈들이 모여 더 잘 사는 사회가 되지 않았는가.

'나'를 내 삶의 중심에 놓고 오랜 시간을 지내고 나서야, 꿈이 한 사람의 삶에 얼마나 큰 영향을 끼치는지 알게 되었다. 내가 꿈을 꾸지 않고 살던 때와 지금의 모습을 비교하면 삶은 크게 변했다. 후회하지 않는 선택을 하게 되었고, 감사할 일들이 많이 생겼다. 스스로 꿈을 이루는 과정의 기쁨과 꿈을 이루었을 때의 행복함을 알기에 더욱 확신을 가지게 되었다. 이제는 두 번째 삶을 꿈꾸는 어른들에게 "자기만의 꿈을 그리고 그것을 믿고 나아가세요."라고 자신 있게 말할 수 있다.

하나의 꿈은 더 큰 꿈으로 확장된다. 꿈 하나가 나침반의 바늘이 되어 삶의 지향점을 뚜렷하게 가리킨다. 이루고 싶은 미래의 자아상이 분명하기 때문에 흔들리지 않게 된다. 흔들리지 않는 마음은 두려움을 극복하고 용기 있는 행동을 부른다.

누구나 자신이 원하는 삶을 살 수 있다. 100세, 120세를 살아야 하는 시대이기 때문에 하고 싶은 일을 할 수 있는 시간은 충분하다. 나만의 강점을 찾고 진정으로 하고 싶은 삶을 살 수 있도록 지금부터라도 준비해야 한다. 내 아이들에게만 꿈을 꾸라고 말하지 말고, 어른인 나 먼저 내가 하고 싶은 일을 찾아보자. 내 가슴이 간절히 원하는 꿈은 내가 흔들리거나 주저앉아 있을 때라도 다시 일어서서 나아가라고 나를 응원해 줄 것이다.

"주변 사람들이 당신의 꿈을 비웃고, 헐뜯을지도 모른다. 그건 그들의 생각이다. 마지막에 웃는 자는 언제나 꿈을 이룬 사람이었다. 일어나라. 그리고 당신의 꿈만 믿고 나아가라."

이 말은 두 번째 스무살을 살고 있는 내가 아이들에게 남기고 싶은 정신적인 유산이자, 우리 모두를 향한 다독임이다.